패배의 신호

La Chamade

패배의 신호

장소미 옮김

목차

책 머리에

패배의 신호 La Chamade

책 머리에

"타인에게 피해를 주지 않는 한, 나는 나를 파괴할 권리가 있다."
마약 소지 혐의로 체포되어 법정에 섰던 프랑수아즈 사강은 이후 어
느 방송 프로그램에 출연해 이런 말을 남겼다. 그녀의 소설을 읽어
보지 않은 사람들도 '나는 나를 파괴할 권리가 있다'라는 말을 한번
쯤은 들어 보았을 것이다. 그녀가 이 말을 했을 때의 나이는 이미 예
순에 가까웠지만, 많은 이들에게 그녀는 언제나 '천재 소녀'로 혹은
'매력적인 작은 악마'로 기억된다. 그녀는 청춘을 회고하는 글을 쓰
는 대신, 늘 청춘의 냄새가 가득한 글을 쓰곤 했다. 이미 청춘이 지
나갔을 때조차도.

사강은 1935년 프랑스 남서부 카자르크에서 출생했다. 대학에 입학
한 1954년 여름, 그녀는 자신의 푸른색 노트에 소설 한 편을 쓰기
시작했다. 소설은 몇 주 만에 완성되었고, 출간 즉시 프랑스 전역을
뒤흔들며 젊은 천재의 탄생을 알린다. 첫 작품 『슬픔이여 안녕』으로
사강 신드롬이 시작된 것이다.

이후 사강은『어떤 미소』(1956),『한 달 후 일 년 후』(1957),『브람스를 좋아하세요』(1959)등을 발표하여 첫 작품에 쏟아진 찬사가 우연이 아님을 입증한다. 엇갈리는 사랑, 그리고 같은 비중으로 다뤄지는 고독과 쓸쓸함. 사강의 소설에는 그녀만의 섬세한 감수성이 고스란히 반영되었고, 전 세계의 수많은 독자들이 그녀의 책에 열광했다.

이번에 정식 한국어 번역판으로 처음 독자 여러분들께 소개하게 된『패배의 신호』(La Chamade)는 1965년 막 서른 살이 된 프랑수아즈 사강이『신기한 구름』(1961) 이후 4년 만에 출간했던 여섯 번째 소설이다. 두 번의 결혼과 두 번의 이혼, 그 사이의 수많은 연애를 거치고 난 다음이었고, 한 아이의 어머니가 된 이후였다. 그녀는 "모르는 것은 쓸 수가 없다. 느끼지 못하는 것도 쓸 수가 없다. 체험하지 않은 일은 쓸 수가 없다"고도 말했다. 그렇다면『슬픔이여 안녕』을 내놓은 이후 11년이 지나 삼십 대로 접어든 시점에서 사강의 작품 세계는 어떻게 달라져 있었을까?

사강은 앞선 작품들과 마찬가지로 여전히 사랑과 이별이라는 주제를 다루고 있지만, 이 작품『패배의 신호』에서는 보다 깊어진 관능성을 보여 준다. 전작들보다 훨씬 구체적인 사랑과 욕망의 장면들이 촘촘하게 표현됨과 동시에 인간이 타인에게 매혹되었을 때 발현되

프랑수아즈 사강과 아나벨 뷔페. 생트로페에서.

영화로 제작된 패배의 신호(La Chamade). 루실역을 맡은 배우 카트린느 드뇌브(Catherine Deneuve)

는 심리의 묘사가 작품을 가득 채운다. 걷잡을 수 없이 빠져드는 사랑과 소유하고 싶은 욕망을 표현한 문장만큼이나, 헤어짐의 풍경 또한 섬세하고 아름답게 그려진다.

신은 그녀에게 문장으로 황홀한 마법을 부릴 수 있는 재능과 동시에, 흔들리는 인간이 직면하게 되는 감정을 정확히 꿰뚫어 보는 냉철함도 주었다. 그녀를 소녀 취향의 작가라고 보는 것은 완전한 오영화화된 패배의 신호(La Chamade)에서 주인공 루실(카트린느 드뇌브)의 의상을 디자인한 이브 생 로랑과 이브 생 로랑의 오리지널 스케치.

산이다. 그녀는 무서우리만치 냉정하게 인간의 고독과 나약함을 묘사한다. 사강은 한마디로 '가장 로맨틱한 문장으로 로맨스의 환상을 부숴 버리는 작가'이기도 한 것이다.

도덕의 잣대를 들이댄다면 이 소설의 줄거리가 지나치게 방종하다고 느껴질지도 모른다. 그러나 사강은 소설 속 루실의 입을 빌어 다음과 같이 말한다.

파리에서 리허설 관람중인 사강.(1972)

"태양, 해변, 한가로움, 자유… 이게 우리가 누릴 것들이야, 앙투안. 우리도 어쩔 수가 없다고. 그게 우리의 정신에, 피부에, 뿌리박힌 걸. 어쩌면 우린 사람들이 타락했다고 말하는 그런 사람들일지도 몰라. 하지만 난 그렇지 않은 척할 때, 더 타락했다는 기분을 느껴."
사강은 『패배의 신호』를 통해 우리 스스로가 도덕적 올바름이라 믿어왔던 것들에 대한 질문을 던진다.

『패배의 신호』를 읽고 난 후, 독자분들은 사랑과 결혼, 직업과 로맨스, 행복과 고독에 대한 모든 개념들이 해체되고 재조립되는 경험을 하게 될 것이다. 우리 마음에 사랑의 불꽃을 당기는 감정들, 숙명처럼 예정된 헤어짐으로 인해 그 불꽃이 언젠가는 꺼져 버린다 할지라도, 인간은 그런 기억으로 미래의 고독을 견딜 수 있다는 것을 사강은 너무도 잘 알고 있었다.

2022년 1월
녹색광선 편집부

부모님께

나는 누구도 피할 수 없는
행복의 마술을 연구했다.

아르튀르 랭보 『지옥에서 보낸 한 철』

1

그녀는 눈을 떴다. 돌연한 세찬 바람이 방안에 스며들었다. 커튼이 돛처럼 나부끼고, 커다란 화병의 꽃들이 고개를 숙였다. 바람이 이젠 그녀의 수면을 방해했다. 봄바람이었다. 첫 봄바람. 희붐한 새벽에 나무 냄새, 숲 냄새, 흙냄새를 풍기는 바람이 휘발유를 잔뜩 머금은 파리의 거리를 가로질러 경쾌하고 기세등등하게 방안에 안착하며, 그녀가 잠에서 깨기도 전에 살아있는 기쁨을 알렸다.

그녀는 다시 눈을 감으며 엎드리고는 여전히 베개에 얼굴을 묻은 채로 한 손을 더듬어 방바닥의 시계를 찾았다. 어딘가에 두고 잊었을지도 몰랐다. 그녀는 늘 모든 걸 잊었다. 이제 그녀는 살며시 몸을 일으켜, 창밖으로 고개를 내밀었다. 아직 어둑했고, 맞은편의 창들은 닫혀있었다. 이런 시간에 불어오다니 정말 몰상식한 바람이군! 그녀는 도로 침대에 누워 몸을 감싼 이불을 힘차게 다독이더니 얼마간 더 잠을 청했다.

허사였다. 바람이 방안을 휘젓고 다니며 맥없이 흰 장미와 무시무시하게 부푼 커튼에 골을 부렸다. 이따금 그녀에게도 다가와 온갖 시골 냄새를 풍기며 애원했다. "산책하러 가자, 나랑 산책하러 가자." 한기로 움츠러든 몸이 이를 거부했고 단편적인 꿈들로 뇌가 몽롱했으나, 점차 미소로 입가가 느슨해졌다. 새벽, 시골의 새벽… 테라스에 서있는 네 그루의 플라타너스 나무들, 하얀 하늘을 바탕으로 윤곽이 너무도 선명한 이파리들, 개의 발밑에서 자근거리는 자갈 소리, 영원한 유년시절. 이 유년 시절에 관한 작가들의 한탄과, 심리학자들의 이론과, '내가 어렸을 땐'이라는 주제만 나왔다 하면 그 즉시 시작되는 모든 인간의 봇물 같은 토로 외에 또 어떤 매력을 부여할 수 있을까? 아마 잃어버린 절정의 무책임에 대한 노스탤지어가 아닐까. 하지만 그녀는 (아무에게도 말하고 싶지 않았는데) 그 무책임을 잃지 않았다. 그녀는 완벽한 무책임을 느꼈다.

이 마지막 생각이 그녀를 벌떡 일으켜 세웠다. 눈으로 실내 가운을 찾았으나 보이지 않았다. 누군가 치운 듯했다. 어디에? 그녀는 한숨을 내쉬며 드레스 룸의 문을 열었다. 이 방엔 결코 익숙해지지 않을 터였다. 물론 다른 어떤 방도. 그녀는 인테리어에 철저히 무관심했다. 아무튼 아름다운 방이었다. 높은 천장과 센 강 좌안에 면한 널따란 두 개의 창문, 그리고 시각적으로도 발에 닿는 촉감으로도 부드러운, 회색과 파란색의 카펫. 침대는 오직 두 개의 암초만으로 둘러싸인 섬 같았다. 그러니까, 두 개의 창문 사이에 놓인 협탁과 낮은 테이블로 둘러싸인 섬. 둘 다 샤를의 취향으로 선택된 매우 세련된 물건들이었다. 마침내 발견한 실내 가운도 실크였다. 고급스러운 건 사실 매우 기분 좋은 것이다.

그녀는 샤를의 방으로 건너갔다. 그는 창문을 닫은 채로 잠들어 있었다. 협탁의 스탠드는 켜져 있었다. 그는 어떤 바람의 방해도 받지 않았다. 수면제가 담뱃갑과 라이터와 8시에 맞춰진 자명종과 미네랄 생수병 옆에 가지런히 놓여 있었다. 오직「르몽드」일간지만이 바닥에 뒹굴었다. 그녀는 침대 끝에 앉아 그를 바라보았다. 샤를은 쉰 살의 남자로 선이 뚜렷한 얼굴은 약간 늘어졌고, 잠잘 때의 얼굴은 불행한 표정이었다. 이 아침엔 평소보다 더 슬퍼 보였다. 그는 부동산 사업가였고, 돈이 많았으며, 정중하고 내성적인 면이 절반씩 섞여 때로 차갑게 보이는 성격 탓에 인간관계가 원만한 편은 아니었다.

그들은 2년 전부터 함께 살아왔다. 함께 사는 것이 같은 아파트에 살고, 같은 사람들을 만나고, 더러 같은 침대를 쓰는 걸 의미한다면 말이다. 그가 벽 쪽으로 돌아 누우며 낮은 신음을 흘렸다. 그녀는 다시 한번, 자신이 그를 불행하게 만들었을 수 있다고, 어쨌든 스무 살이나 어린 여자와 함께 하려니 자유롭지 않으리라고 생각했다. 그녀는 협탁에서 담배 한 개비를 집어 들어 조용히 불을 붙이며 계속해서 그를 응시했다. 이마 위 머리칼이 어느새 희끗희끗해졌다. 매우 아름다운 손은 정맥들이 돌출됐고, 입술 색은 다소 옅어졌다. 그녀는 그에게 다정한 동작을 취했다. 어떻게 이토록 바르고 똑똑한 사람이 그토록 불행할 수 있을까? 그녀로서는 그를 위해 할 수 있는 것이 아무것도 없었다. 태어나고 죽는 것에 대해서는, 누구도 위로할 길이 없는 법이다. 기침이 나왔다. 아침 빈속에 담배를 피운 것이 잘못이었다. 빈속엔 담배를 피우지 말았어야 했다. 게다가 술을 마셔서도 안 되었다. 과속으로 운전을 해서도, 과도하게 사랑을 나누어서도, 심장에 무리를 주어서도, 돈을 낭비해서도, 그 무엇도. 그녀는 하품을 했다. 컨버터블을 달려서 봄바람을 따라 제법 멀리 떨어진 시골로 나가리라. 오늘도 다른 날들처럼 일하지 않을 터였다. 그녀는 샤를 덕분에, 일하는 습관을 잊었다.

30분 남짓 뒤, 그녀는 낭시 고속도로를 달렸다. 자동차의 라디오에서 콘체르토가 흘러나왔다. '그리그인가? 아니면 슈만,

라흐마니노프? 아무튼 낭만주의 음악가인데, 누구더라?' 이런 궁금증은 짜증스러운 동시에 즐거웠다. 그녀는 문화를 오직 기억에 의해서만, 감성적인 기억에 의해서만 좋아했다. '스무 번도 더 들은 거잖아. 그때 내가 불행했었는데 이 음악이 내 고통과 데칼코마니처럼 들어맞는 것 같았어.' 그 고통이 누구 때문이었는지는 이미 잊었다. 분명 이미 오래전 일이었다. 상관없었다. 아름다운 날들이 있었고 그녀는 당시 자신의 생각과 모습을, 그게 자신에게 어떤 의미였는지를 더는 더듬지 않았다. 이제 이 새벽의 바람 속에서 오직 현재만이 그녀와 함께 달리고 있었다.

2

샤를은 마당에서 나는 차 소리에 잠에서 깨어났다. 루실이 흥얼거리며 차고 문을 닫는 소리가 들리자 그는 흠칫 놀라며 몇 시나 된 것인지 헤아렸다. 시계가 8시를 가리켰다. 그는 순간 루실이 어디가 아픈지 염려했으나, 아래층에서 들려오는 명랑한 목소리에 안도했다. 언뜻 창문을 열어 그녀를 붙들까도 생각했으나 이내 자제했다. 그 희열감, 그는 그녀의 희열감이 무엇인지 잘 알았다. 그것은 고독의 희열이었다. 그는 잠시 두 눈을 감았다. 루실을 곤란하게 하거나 귀찮게 하지 않기 위해 이날 그가 가장 억눌러야 할 행동이란 바로 그것이었다. 그가 열다섯 살만 더 젊었던들 틀림없이 창문을 열고서 외쳤으리라. "루실, 올라와, 나 잠 깼어." 권위적이고 경쾌한 어투로. 그러면 그녀는 다시 올라와 그와 함께 차를 마셨을 것이고, 그의 침대에 앉아 그가 해주는 웃긴 얘기에 깔깔거렸으리라. 그는 어깨를 풀썩 추어올렸다. 15년 전이었더라도 그는 그녀를 웃기지 못했으리라. 그는 재미있었던 적이 결코 없었다. 1년 전에야 겨우 그녀 덕분에 무사태평할 줄 알게 되었고, 워낙에 그런 것에 소질이 없는 인간에게 그것은 가장 길고도 고된 공부였다.

그는 몸을 일으켜 바로 옆의 재떨이를 확인하며 놀랐다. 재떨이 안에 짓누른 담배꽁초가 굴러다녔다. 그는 전날 밤, 혹시 자신이 잠들기 전에 벽난로에 재를 비우는 걸 잊었던 것인지 의심했다. 그럴 리 만무했다. 루실이 방에 들러 담배를 피운 것이 틀림없었다. 게다가 침대에도 루실이 앉았던 듯한, 움푹 팬 자국이 있었다. 그는 자면서 절대 아무것도 건드리거나 흐트러뜨리지 않았다. 그 점에 대해선 그의 독신 생활을 돌보는 가정부들에게 충분히 칭송을 들은 터였다. 그건 그가 늘 칭찬을 듣는 장점들 중의 하나였다. 잠들었을 때나 아닐 때나 얌전하고 차분하다는 것. 교육을 잘 받았다는 것. 매력적이라는 칭찬을 듣는 이들도 있었으나, 그에겐 적어도 객관적인 평가 방식으로는 절대 일어난 적 없는 일이었다. 애석했다. 그랬더라면 부드럽고 윤이 나는 멋진 깃털을 갖춘 기분이었을 텐데. 어떤 단어들은 돌이킬 수 없는 기억처럼, 그에게 잔인하고 조용하게 고통을 주었다. '매력적, 자유로운, 경쾌한' 같은 단어들과, 오직 신만이 그 이유를 아는 '발코니'라는 단어였다.

한 번은 루실에게 이 추억을 이야기했다. 물론 처음에 거론한 단어들이 아니라 마지막 단어에 대해. 루실이 놀라며 물었다. "발코니요? 발코니가 왜요?" 그녀는 되뇌었다. "발코니, 발코니." 그러고는 혹시 발코니들, 즉 복수냐고 물었고, 그는 그렇다고 대답했다. 그녀는 어릴 때 집에 발코니가 있었느냐고 물었고 그가 아니라고 대답하자, 그를 다정하게 바라보지 않을 때면 늘 그렇듯 호기심 어린 눈초리로 그를 뜯어보았다. 그의 마음속에서 미친 듯한 희망이 솟구쳤다. 하지만 그녀는 보들레르의 시에 나오는 발코니에 대해 무언가를 웅얼거렸을 뿐이었고, 대화는 거기서 멈췄다. 늘 그렇듯 어디로도 더 나아가지 못했다. 그럼에도 그는 그녀를 사랑했고, 자기가 어느 정도로 그녀를 사랑하는지 알리지 못했다. 그녀가 어떤 식으로든 그의 사랑을 남용하지 못하게 하기 위해서가 아니라, 그녀를 혼란스럽게 하고 미안하게 만들까봐서. 그녀가 그를 떠나지 않은 것 조차도, 전혀 기대하지 못했던 것이었다. 그가 그녀에게 제공할 수 있는 건 안전뿐이었고, 그는 그녀가 안전 따위는 전혀 개의치 않으리라는 걸 알았다. 아마도.

그는 벨을 눌러 가정부를 호출한 뒤, 바닥에 널브러진 「르몽드」를 주워서 읽으려 했으나 허사였다. 루실은 평소대로 컨버터블을 과속으로 달리고 있으리라. 그가 크리스마스에 선물한 매우 견고한 차였다. 자동차 격주간지 「오토 주르날」에 근무하는 친구들 중 한 명에게 전화하여, 내구성이며 주행성 등이 가장 뛰어난 스포츠카가 무엇인지 문의했었다. 루실한테는 그저 제일 구하기 쉬운 차였다고만 말하며, 전날 아무렇게나 '경쾌하게' 주문한 척했다. 루실은 반색했다. 그런데 만일 이제 짙은 남색 컨버터블이 도로에서 뒤집혀 그 밑에 젊은 여자가 깔렸다는 전화라도 받는다면… 그는 벌떡 일어났다. 아무래도 바보가 되어버렸다.

폴린이 아침식사가 든 쟁반을 받쳐 들고서 들어와 미소 지었다.

"오늘 날씨가 어떤가요?"

"좀 흐려요. 하지만 봄 냄새가 느껴져요."

폴린이 대답했다. 그녀는 예순 살이었고 그의 집에서 일한 지 10년째였다. 시적인 표현은 그녀의 언어 습관이 아니었다.

"봄이라고요?"

그가 무의식적으로 되뇌었다.

"네, 루실 아가씨가 그러더라고요. 저보다 먼저 부엌에 내려와 있었는데, 오렌지 한 알을 먹고는 봄 냄새가 느껴진다면서 외출해야겠다고 했죠."

그녀는 미소 지었다. 샤를은 처음엔 폴린이 루실을 싫어할까봐 몹시 두려웠으나, 두 달 남짓 루실을 겪어본 뒤에 폴린의 생각이 재정립되었다. '루실은 정신연령이 열 살이야. 사장님의 정신연령 또한 그보다 나을 것이 없으니 일상적인 삶의 문제들에 맞서 루실을 효과적으로 보호할 능력이 되지 않아.' 샤를은 폴린이 자신을 대신하여 그 역할을 하도록 권한을 부여했다. 그리하여 폴린은 감탄스런 에너지로 루실이 휴식하고, 잘 먹고, 술을 마시지 않도록 관리했으며, 루실도 기꺼이 복종하는 듯했다. 그것은 샤를의 논리로는 혼란스러운 동시에 반가운, 집안의 가벼운 미스터리 중 하나였다.

그는 물었다. "오렌지만 한 알 먹었다고요?"

"네, 사장님께도 외출하실 때 바깥공기를 한껏 들이마시라고 전해달라고 했어요. 봄 냄새가 느껴진다고."

폴린의 목소리는 담담했다. 그녀는 샤를이 자신에게 루실이 남긴 말을 구걸했다는 걸 눈치챘을까? 그녀는 샤를 앞에서 더러 시선을 피했다. 그래서 그는 그녀가 나무라는 건 루실이 아니라, 루실을 향한 그의 열정의 형태라고 느꼈다. 그가 오직 그녀에게만 들킨, 굶주리고 고통스런 열정의 형태. 그녀는 상식과 모성애, 그리고 조금은 너그러운 마음으로 루실이라는 사람을 받아들였다. 달리 설명할 길이 없었다. 만일 그가 그녀가 일컫듯 '착한 사람'이 아니라 '나쁜 여자'에게 빠져들었더라면, 틀림없이 불만을 표했으리라. 그녀는 어쩌면 그게 더 나쁘다는 걸 깨닫지 못했다.

3

클레르 상트레의 아파트는 저 가련한 상트레 씨의 전성기엔
화려했었다. 그는 이제 존재감이 약해졌고, 그건 전보다 휑해
진 집기들의 사소하고 미세한 변화들로도 감지되었다. 스무 번
도 더 염색된 파란색 커튼이며 주방에 면한 커다란 거실에 있
는 다섯 개의 문들 중 하나를 1분도 아깝다는 듯 이리저리 찾
는 시급 지배인들의 성마른 표정. 그럼에도 클레르 상트레의
아파트는 여전히 몽테뉴 가에서 가장 안락한 아파트 중 하나
였고, 그녀가 개최하는 연회는 매우 높은 인기를 누렸다. 클
레르는 호리호리하고, 여위고, 활달한 여자였다. 갈색머리 같
기도 한 흔한 금발. 쉰 살이 조금 넘었지만 그렇게 보이지 않
았고, 사랑에 대해 더는 관심 없으나 좋은 추억을 간직하고 있
노라고 명랑하게 떠벌리곤 했다. 그 결과 여자들은 그녀를 좋
아했고, 남자들은 호탕하게 웃으며 노골적으로 수작을 걸었
다. 그녀는 파리에서 스스로 삶을 개척하며 유행에 뒤처지지
않고 나아가 더러 유행을 만드는 드물고 굳센 오십 대 여자 집
단에 속했다. 클레르 상트레의 사교적 저녁 식사 자리엔 늘 한
두 명의 미국인과 한두 명의 베네수엘라인이 끼어 있었고, 그
럴 때면 그녀는 그들은 재미있는 사람들이 아니지만 자기와

함께 사업을 하고 있다는 걸 미리 알렸다. 그들은 유행에 밝은 여자의 집에서 그녀의 옆자리에 앉아 저녁을 들면서 수수께끼와 생략과 이해할 수 없는 농담들로 이루어진 대화를 어렵사리 따라갔고, 사람들은 그들도 어쩌면 답례로 카라카스에서 있었던 유쾌한 이야기들을 늘어놓을 수 있으리라 기대했다. 그렇게 클레르는 베네수엘라산(産) 원단들을 독점했다. 아니면 그 반대였거나. 그녀의 연회엔 위스키가 빠지지 않았다. 위스키를 아무리 들이켜도 능숙함을 잃지 않는 그녀는 누구에 대해서도 험담하지 않았다. 그것은 어리석게 보이지 않으려면 필수적인 태도였다.

샤를 블라상스 리니에르는 10여 년 동안 클레르의 저녁 모임의 후원자들 중 하나였다. 그는 클레르에게 많은 돈을 빌려주었으나 절대 그것에 대해 말하는 법이 없었다. 그는 부자였고 아름다운 남자였으며 말수가 적었다. 그렇더라도 더러 클레르가 소개하는 여자들을 마지못해 애인으로 받아들였다. 관계는 1년, 혹은 때로 2년간 지속되었다. 그는 8월엔 여자들을 이탈리아에 데려갔고, 여자들이 여름의 무더위를 불평하면 지중해의 고급 휴양지인 생트로페에 보내 기분 전환을 시켜주거나 겨울에 지루하다고 불평하면 므제브 스키장에 보내주었다. 6개월 뒤, 대개는 이유를 모른 채로 매우 아름다운 선물과 함께 관계의 끝을 알리는 종소리가 울렸다. 그러면 클레르는 다시 '그를 보살폈다.' 그랬는데 2년 전부터 이 조용한 남자, 이 쓸모 있는 남자가 그녀의 손을 벗어났다. 그가 루실에게 반했고, 루실은 클레르로서는 종잡을 수 없었다. 명랑하고 예의바르고 많은 경우 재미있는 여자였으나, 자신이나 샤를에 관한 일, 그리고 그들 두 사람의 계획에 대해 이야기하기를 고집스러우리만치 거부했다. 그녀는 샤를을 만나기 전에는 한 조촐한 신문사에 근무했다. 직원들에게 급료를 적게 주기 위해 좌파라고 내세우는, 용기라고는 그게 전부인 저 작은 신문사들 중 하나 말이었다. 그녀는 이젠 거의 일하지 않았고 사실 그녀가 종일 무얼 하는지 전혀 알 길이 없었다. 혹여 애인이 있더라도, 클레르의 주변 인물은 아닐 터였다. 클레르가 그녀에게 여러 명의 기사들을 소개했음에도 말이었다. 클레르는 생각 끝에 루실에게 파리의 여자들이 흔히 하고 있듯, 모피나 모피 가격에 해당하는 수표를 안겨줄 발자크스러운[1] 일들을 제안했다. 루실이 대답했다.

"전 돈이 필요 없어요. 그런 종류의 일들이라면 질색이고요."

루실의 목소리는 단호했다. 그녀는 클레르를 더는 거들떠보

---

1 오노레 드 발자크의 『인간 희극』의 여러 작품들 속에 등장하는 황금만능주의적 인물과 상황들을 비유.

지도 않았다. 클레르는 일순 당황했다가, 이제까지의 경력을 납득시키는 기지를 발휘했다.

"고마워요, 우리 아가씨. 난 샤를을 친형제처럼 아끼는데 당신을 잘 모르거든요. 실례했어요. 당신이 내 제안을 받아들였다면 샤를이 정말 걱정됐을 거예요. 그게 다예요."

루실은 웃음을 터뜨렸다. 그럭저럭 화기애애한 장면을 기대했던 클레르는 다음 저녁 모임에 샤를이 나타나 이전과 다름없는 태도를 보일 때까지 내심 불안했다. 루실은 입을 다물 줄 알았다. 혹은 어쩌면 잊어버렸거나.

아무튼 이 봄은 조짐이 좋지 않아. 클레르는 테이블의 배열을 확인하며 중얼거렸다. 조니가 맨 처음 도착하여, 오랜 관습에 따라 클레르를 졸졸 따라다녔다. 그는 마흔다섯 살까지 게이였다. 하지만 낮에는 일하다가 저녁에는 시내에서 식사한 뒤 자정에는 잘생긴 젊은 남자와 시간을 보낼 힘이 더 이상 남아 있지 않았다. 그저 사교모임에서 우수에 젖은 눈초리로 젊은 남자들을 힐금거리는 데 만족했다. 사교생활은 모든 것을 무력화한다. 심지어 방탕까지도. 경건한 영혼들을 위해 그를 변호하기 위해서라도 이 사실은 밝혀야만 한다. 따라서 조니는 클레르의 흑기사가 되었다. 연극이나 영화 시사회든, 저녁 식사 자리든 늘 그녀를 수행했고, 그녀의 집에선 막연하나마 감탄스럽도록 요령 있게 손님을 맞았다. 사실 그의 이름은 장이었으나 모두들 조니가 더 유쾌하다고 생각했다. 결국 그도 조니로 불리는 쪽에 마음이 기울었고, 20여 년이 흐르는 동안 슬쩍 영어 억양을 쓰는 습관까지 들였다.

"무슨 생각해요, 자기? 신경이 날카로워 보여요."

"샤를도 생각하고, 디안도 생각했어요. 디안이 오늘 저녁에 잘생긴 애인을 데려올 거라는 거 알고 있죠? 나도 한 번밖에 못 만나봤지만, 오늘 저녁 식사 분위기를 띄울만한 사람은 아닌 것 같아요. 어떻게 그런 훤칠한 외모로 분위기가 그렇게 음울할 수 있는 걸까요? 고작 서른 살인데…."

"지식인들 쪽을 기웃거리는 디안이 잘못이죠. 성공한 적이 한 번도 없었잖아요."

클레르가 관대하게 말했다.

"재미있는 지식인들도 있어요. 하지만 앙투안은 지식인은 아니에요. 르누아르 출판사에서 그저 전집 편찬을 담당하고 있을 뿐이죠. 출판 일로 얼마나 벌겠어요? 전혀요. 당신도 알잖아요. 천만다행으로 디안이 재산이 충분하기 망정이지…."

앙투안이 대단히 잘생겼다고 생각하는 조니가 자신 없이 반박했다.

"그런 거에 크게 관심 갖는 사람 같지는 않았어요."

클레르가 경험에 기인해 지친 어조로 대답했다.

"곧 그렇게 될 거예요. 디안은 사십 대이고 백만장자인데, 앙투안은 서른 살에 고작 20만 프랑을 받아요. 이게 오래 유지될 등식인가요?"

조니는 낄낄거리는가 싶더니 이내 뚝 그쳤다. 피에르 앙드레가 추천해준 주름방지 크림을 바른 터였고, 완전히 흡수되도록 말릴 시간이 없었다. 8시 30분까지는 석고상 같은 표정을 유지해야 하리라. 그러고 보니 8시 30분이었다. 따라서 그는 다시 낄낄거렸다. 클레르가 놀란 시선을 던졌다. 조니는 천사였으나 1942년 제2차 세계대전 당시 영국 공군에서 영웅 노릇을 하느라 몇 발의 총탄을 맞았고 그 바람에 뇌의 어딘가가 손상을 입었다. 두… 뭐랬더라? 그래, 두정엽, 두정엽이 손상을 입은 듯했다. 클레르는 재미있다는 표정으로 그를 바라보았다. 지금 테이블의 꽃들을 극도로 섬세하게 매만지고 있는 저 기다랗고 하얀 손가락이 한때는 기관총을 쥐었거나 한밤중에 총탄을 발사하는 전투기의 조종간을 잡았었다니… 인간이란 정말이지 예기치 못할 존재였다. 인간에 대해선 결코 '모든 것'을 알 수 없었다. 그 때문에도 클레르는 결코 지루하지 않았다. 그녀는 만족스런 깊은 한숨을 내쉬다가 능직 실크 드레스가 조여오자 이내 숨을 멈추었다. 피에르 카르댕이 옷을 디자인하며 해도 너무했다. 아무래도 그녀가 이슬만 먹는 요정이라도 되는 줄 안 듯했다.

루실은 하품을 하는 시늉을 했다. 고개를 옆으로 돌려 공기를 흡입한 뒤 앞을 보며 잇새로 천천히 숨을 몰아내면 그만이었다. 다소 토끼 같은 얼굴이 될 수도 있었으나 눈에 눈물이 고이지는 않을 터였다. 이 저녁 식사는 끝도 없었다. 그녀는 식사가 시작된 순간부터 불안한 표정으로 자신의 볼을 연신 토닥거리는 가련한 조니와 다들 디안 메르벨의 새 애인이라고 부르는 과묵하고 잘생긴 젊은 남자 사이에 앉아 있었다. 루실은 남자의 침묵이 불편하지 않았다. 오늘밤, 그녀는 누구에게도 잘 보이고 싶은 마음이 없었다. 아침에 지나치게 일찍 일어났다. 그녀는 그 원망스런 바람의 냄새를 떠올리려 애쓰며 잠시 눈을 감았다. 그녀가 다시 눈을 떴을 때, 디안과 눈이 마주쳤다. 그녀의 시선이 하도 엄격해서 루실은 적잖이 놀랐다. 저럴 만큼 이 젊은 남자를 사랑하는 건가, 아니면 질투? 루실은 남자를 바라보았다. 그의 머리칼은 하얗게 빛날 정도로 금발이었고, 굳은 턱에선 강한 의지가 풍겼다. 그는 빵을 반죽처럼 짓이겨 접시 주위에 빙 둘러놓고 있었다. 연극이 화제에 올랐다. 대화가 제법 유익하게 흘렀다. 클레르가 디안이 혐오하는 연극에 열광했기 때문이다. 루실은 성의를 보이고자 젊은 남자를 돌아보았다.

"그쪽은 저 연극을 봤나요?"

"아니요, 전 극장엔 절대 안 갑니다. 그쪽은요?"

"저도 거의 안 가요. 마지막으로 간 게 아틀리에 극장이었죠. 영국 코미디였는데 매력적이었어요. 차 사고를 내서 자살한 여배우가 출연했었는데 이름이 뭐였더라?"

"사라요."

그가 몹시 가라앉은 목소리로 대답하며 양 손을 테이블 위로 뻗었다.

루실은 그의 표정을 보며 일순 몸이 굳었다. 곧바로 이런 생각이 스쳤다. '세상에, 정말 불행해보여!'

그녀는 사과했다.

"죄송해요."

그가 그녀를 돌아보며 기운 없는 목소리로 물었다.

"뭐가요?"

그는 더 이상 그녀를 보고 있지 않았다. 옆에서 남자가 숨 쉬는 것이 느껴졌다. 거칠고 불규칙적인 호흡, 총상이라도 입은 듯한 사람의 호흡이었고, 비록 의도치 않았더라도 그에겐 참을 수 없는 그 총상을 입힌 사람이 바로 그녀인 듯 느껴졌다.

그녀는 무례를 범하는 것에 어떤 즐거움도 느끼지 못했다. 잔인하게 구는 것엔 더더욱.

"무슨 꿈을 꾸고 있는 거예요, 앙투안?"

디안의 어투가 이상했다. 억양이 다소 과하게 밝았다고 할까. 장내가 조용해졌다. 앙투안은 대답하지 않았다. 장님에 벙어리가 된 듯했다.

클레르가 웃으며 거들었다.

"정말 꿈이라도 꾸고 있는 모양이네. 앙투안, 앙투안⋯."

묵묵부답. 이제 장내엔 완전무결한 침묵이 흘렀다. 손님들은 저마다 포크를 든 손이 굳은 채로, 테이블 한가운데 놓인 물병을 멍하니 응시하는 이 창백한 젊은 남자를 주시했다. 루실이 그의 팔뚝에 손을 얹었다. 그가 깨어났다.

"뭐라고 하셨죠?"

디안이 날카로운 목소리로 대답했다.

"꿈을 꾸고 있느냐고 했어요. 우린 그게 무슨 꿈인지 궁금했고요. 실례인가요?"

"그런 건 늘 실례죠."

샤를이 대답했다. 그는 이제 앙투안을 다른 모든 사람들처럼 유심히 바라보았다. 디안의 최근 애인, 어쩌면 지골로로서 이곳에 온 그가 별안간 꿈을 꾸는 젊은 남자가 되어 있었다. 테이블에 부러움의, 노스탤지어의 바람이 일었다.

클레르의 머릿속엔 유감의 바람이 일었다. 어쨌든 뛰어나고 재미있으며 모든 것에 대해 알고 있는 유명한 사람들, 특권층의 저녁 식사 모임이었다. 이 남자는 대화에 참여하고, 웃고, 맞장구를 쳐야 마땅했다. 만일 젊은이들의 거리인 카르티에 라탱 지역의 스낵바에서 젊은 여자와 함께하는 저녁 식사를 꿈꾸었다면, 파리에서 가장 출세하고 매력적인 디안을 포기하면 그만이었다. 또한 디안은 파리에서 마흔다섯 살의 나이에 외모 관리가 가장 잘 된 여성이기도 했는데, 이 저녁만큼은 예외였다. 그녀는 핼쑥하고 초조한 기색이었다. 만일 클레르가 그녀를 잘 알지 못했더라면 불행한 여자라고 생각했으리라. 그녀가 말을 이었다.

"내가 맞춰볼게요, 혹시 페라리를 꿈꾸지 않았나요? 카를로스가 지난번에 페라리를 사서 날 태워줬는데. 그날이 내 마지막 날이 되는 줄 알았다니까요. 물론 카를로스는 운전을 무척 잘하지만요."

그녀는 놀랍다는 투로 마지막 말을 덧붙였다. 카를로스는 어딘가의 왕위 계승자였기 때문이다. 클레르는 그가 크리용 호텔 로비에서 왕정이 자기 것이 되기를 기다리는 것 외에 다른 걸 할 줄 아는 것이 훌륭하다고 여겼다.

앙투안이 루실을 돌아보며 미소 지었다. 그의 눈은 거의 금색에 가까운 밝은 갈색이었고, 코는 오뚝했으며, 입술은 기름하고 윤곽이 뚜렷했다. 무언가 매우 남성적인 것들이 창백한 피부며 소년처럼 고운 머리칼과 대조를 이루었다. 그가 목소리를 낮추어 말했다.

"죄송합니다. 절 무례한 사람이라고 생각하시겠어요."

그가 그녀를 똑바로 바라보았다. 그의 시선이 관습대로 테이블이나 그녀의 어깨로 자연히 떨어지지 않았다. 나머지 좌중을 완전히 배제한 듯한 시선이었다. 루실이 말했다.

"우린 겨우 세 마디를 나눴을 뿐인데 벌써 두 번이나 사과를 주고받는군요."

그가 명랑하게 대꾸했다.

"우린 끝에서부터 관계를 시작하네요. 대개 커플들이 사과하며 관계를 끝내잖아요. 적어도 둘 중 하나는 미안해, 더는 널 사랑하지 않아, 라면서요."

"그 정도만 되어도 우아하겠네요. 개인적인 생각으로는 더 상처가 되는 건 정직한 말이에요. 미안해, 널 사랑한다고 생각했는데 착각이었어, 너한테 이런 말을 하는 것도 내 의무겠지, 같은."

"당신한테 자주 일어날 일은 아닌 것 같군요."

"엄청나게 감사하네요."

"제 말뜻은 당신은 남자들이 그런 말을 할 시간을 주지 않을 것 같아요. 그땐 당신 짐은 이미 택시 안에 있을 것 같단 말이죠."

루실이 웃으며 받아쳤다.

"무엇보다 내 가방엔 스웨터 두 장과 칫솔만 있죠."

그가 잠시 사이를 두었다가 지적했다.

"저런, 전 당신이 샤를 블라상스 리니에르의 애인인 줄 알았는데요."

그녀는 언뜻 생각했다. '안타깝군. 똑똑한 남자인줄 알았는데.' 그녀 생각으로는 이유 없는 심술과 똑똑함은 절대 공존할 수 없었다. 그녀는 대꾸했다.

"그러고 보니 그렇군요. 당신 말이 맞아요. 내가 지금 떠난다면 내 차엔 옷들이 넘쳐날 거예요. 샤를은 굉장히 너그럽거든요."

그녀는 차분한 어조로 말했다. 앙투안은 시선을 떨궜다.

"죄송해요. 전 이 저녁 식사 자리와 이런 세계를 증오합니다."

"그럼 이제 오지 마세요. 게다가 당신 나이엔 위험한 자리예요."

앙투안이 돌연 발끈한 표정으로 대꾸했다.

"이봐요, 아가씨. 아마 내가 당신보다 나이가 더 많을걸요."

루실은 웃음을 터뜨렸다. 디안과 샤를의 시선이 그들에게 얹혔다. 그들은 자기들의 '피보호자'들 맞은편의 테이블 가장자리에 나란히 배치되었다. 부모는 이쪽에, 아이들은 저쪽에. 성인처럼 굴기를 거부하는 서른 살짜리 늙은 어린이들. 루실이 웃음을 그쳤다. 그녀는 생계를 위해 하는 일이 전혀 없었고, 아무도 사랑하지 않았다. 얼마나 하잘것없는 삶인가. 만일 존재하는 것이 그토록 행복하지 않았더라면 그녀는 자살했으리라.

앙투안도 웃었다. 디안은 고통스러웠다. 그녀는 그가 다른 여자와 함께 웃음을 터트리는 걸 보았다. 앙투안은 그녀와 함께 있을 때는 절대 웃지 않았다. 차라리 그가 루실에게 키스하는 편이 나았으리라. 저 웃음은, 끔찍했다. 불현듯 비치는 저 어린애 같은 표정은. 도대체 저들은 뭐 때문에 웃는 것일까? 그녀는 샤를을 힐끔 쳐다보았으나 그는 다정한 표정을 짓고 있었다. 샤를은 2년 전부터 바보가 되어 있었다. 저 애송이 루실은 매력적이었고 태도도 좋았으나, 미인도 아니고 특출하지도 않았다. 그건 앙투안도 마찬가지였다. 그녀는 앙투안보다 더 잘생기고 그녀한테도 더 열렬하게 빠져들던 남자들을 만났었다. 그랬다, 열렬하게. 다만 문제는 그녀가 사랑하는 건 앙투안이라는 거였다. 그녀는 그를 사랑했고, 그도 자신을 사랑하기를 원했다. 언젠간 그녀가 그를 완전히 손에 넣고 쥐락펴락하리라. 이제는 고인이 된 여배우를 잊고서 그녀, 디안만을 바라보리라. 사라… 대체 이 이름을 몇 번이나 들었던가. 사라. 그는 이 이름을 되뇌다 못해 아예 달고 살았다. 디안이 결국 견디다 못해 사라는 널 두고 바람을 피웠어, 그건 모두가 아는 사실이야, 라고 일갈한 날까지. 그가 덤덤한 어조로 대꾸했었다. "나도 알아요. 알고 있었어요."

이후로 그들은 두 번 다시 이 이름을 입 밖에 내지 않았다. 하지만 그는 밤에 잠자면서 이 이름을 뇌까렸다. 머지않아… 머지않아 그가 잠결에 몸을 뒤척이며 어둠 속에서 그녀의 몸에 팔을 뻗을 때 그의 입에서 나올 이름은 그녀, 분명 그녀의 이름이 되리라. 눈가에 왈칵 눈물이 고였다. 그녀는 쿨럭거리기 시작했고, 샤를이 다정하게 등을 두드려주었다. 이 저녁 식사는 끝도 없이 계속되었다. 클레르 상트레는 어지간히 마셨고, 이런 경우는 점점 잦아졌다. 그녀는 지식수준을 넘어서는 것이 역력한데도 확신에 차서, 한창 그림에 대해 토론 중이었다. 그림에 애정이 대단한 조니가 곤혹스러워했다. 클레르가 말을 맺었다.

"난 말이에요, 그때 여기 이 남자가 이 그림을 팔에 끼고서 내 집에 왔을 때, 이걸 불빛에 비춰보면서 내가 근시가 된 줄 알았다니까요. 내가 이 사람한테 뭐라고 했는 줄 아세요?"

좌중이 심드렁하게 모른다는 표정을 그려보였다.

"이렇게 말했어요. 선생, 난 눈이 보라고 달린 줄 알았거든요, 그런데 내가 잘못 알았나 봐요. 이 그림에서 아무것도 안 보이니 말이에요, 선생, 아무것도 안 보여요."

그녀가 아마도 설득력 있는 동작으로 그림의 공허함을 설명할 요량이었는지, 테이블 위에 와인 잔을 엎었다. 모두들 그 틈을 타서 자리에서 일어났다. 루실과 앙투안은 고개를 숙였다. 걷잡을 수 없이 터져 나오려는 웃음을 감추기 위해서였다.

4

공유된 웃음의 힘과 위험과 미덕에 대해선 아무리 강조해도 지나치지 않으리라. 사랑도 그에 비하면 우정이나 욕망, 또는 절망과 다를 바 없이 강력하지 않다. 앙투안과 루실은 초등학생 같은 둘만의 킥킥거림을 나누었다. 진지한 사람들에게 사랑받고, 발가벗겨지고, 갈망을 받는 그들 두 사람은 자기들이 어떤 식으로든 벌을 받게 되리라는 걸 인식한 채로, 연회장 구석에서 더는 참지 못하고 미친 듯이 킥킥거렸다. 이런 연회에서 연인들은 식사 시간엔 나란히 앉지 못하더라도, 식사가 끝나면 파리 사교모임의 공공연한 법칙에 의해 각자 자연스럽게 자신들의 침대 파트너를 찾아가 둘만의 짧은 휴식을 즐기며 몇 마디 평가와 사랑의 밀어와 불평을 교환하는 것이 일반적이었다. 디안은 앙투안이 곁에 오기를 기다렸고, 샤를은 루실에게 다가가려고 한 발을 뗐다. 하지만 루실은 눈가에 눈물이 그렁그렁한 채로 한사코 창문 밖만 바라보면서 혹여 옆에 서 있는 앙투안과 눈이라도 마주치면 황급히 고개를 돌렸고, 앙투안은 앙투안대로 그녀와 눈이 마주치는 그 즉시 손수건으로 얼굴을 감쌌다. 클레르는 한동안 그들을 무시하려 했으나, 연회장에 가벼운 불만과 시기의 기운이 역력해졌다. 그녀는 재빠른 고갯짓으로 조니에게 의중을 전달했다. '저 애들한테 자중하라고 해, 그러지 않으면 다시는 초대받지 못할 거라고.' 불행하게도 벽에 등을 기대고 있던 앙투안이 이 고갯짓을 보았다. 조니가 즐거운 표정을 지었다.

"나도 좀 알려줘요, 루실, 뭐가 그렇게 웃긴지. 궁금해 죽겠네."

루실이 대답했다.

"아무것도 아니에요. 정말 아무것도. 아무 일도 없고 그게 바로 문제예요."

"그게 문제죠."

앙투안이 거들었다. 머리칼이 마구 흐트러진 그의 얼굴은 더 젊어 보였고 생기로 빛났다. 조니는 문득 강렬한 욕망을 느꼈다.

디안이 다가왔다. 그녀는 분노했다. 분노가 그녀와 매우 잘 어울렸다. 명성이 자자한 위엄어린 표정과 그 유명한 초록색 눈동자와 극도로 호리호리한 몸매가 어우러져 탁월한 한 마리의 군마 같았다. 그녀가 의혹과 관용이, 특히 의혹이 완벽하게 드러나는 어조로 물었다.

"둘이 무슨 얘기가 그렇게 재미있는 거죠?"

앙투안이 해맑게 대답했다.

"아! 우리요? 아무것도 아니에요."

디안이 어떤 계획이나 추억에 대해서도 앙투안에게 얻어내지 못했던 이 '우리'라는 단어가 끝내 그녀의 분노를 폭발시켰다.

"그럼 그만들 버릇없는 애들처럼 굴어요. 재미있지 않다면 예의를 갖추라고요."

루실은 디안이 애인을 면박하는 건 그럴 수 있다고 생각했으나 자신까지 싸잡은 이 복수형은 다소 과하다고 느꼈다. 그녀가 말했다.

"정신이 없으신가 봐요. 당신이 절 못 웃게 할 권리는 없는 것 같은데요."

"그건 나한테도 마찬가지고요."

앙투안이 차분하게 지적했다.

디안이 사과했다.

"실례했다면 이해해줘요. 내가 좀 고단하네요. 그럼 다들 계시다 가세요. 샤를, 저 좀 바래다주시겠어요? 머리가 지끈거리는군요."

불행한 남자가 그녀에게 다가갔다.

샤를이 좌중에 목례했다. 루실이 그에게 미소 지었다.

"집에서 봐요."

그들이 떠나고 난 뒤 그 밤 내내 즐거운 웅성거림과 웃음소리가 이어졌다. 3분 동안 모두가 다른 이야기를 하다가 이내 좀 전의 사건에 대한 평가에 열중했다. 루실과 앙투안은 그들에게서 소외되어 둘만 남았다. 그녀는 그를 유심히 바라보면서 발코니에 몸을 기댔다. 그가 평온한 표정으로 담배를 태웠다. 그녀가 말했다.

"죄송해요, 제가 발끈하는 게 아니었는데."

그가 말했다.

"가시죠, 일이 정말로 커지기 전에 집에 바래다드릴게요."

클레르가 동조하는 표정으로 두 사람과 악수했다. 그들이 집에 돌아가는 건 옳은 생각이었으나, 그녀는 젊다는 게 뭔지 잘 알았다. 두 사람이 이룬 커플은 매력적이었다. 그녀가 그들을 도울 수도 있었으나… 안 될 말이었다. 엄연히 샤를 블라상스 리니에르가 있는데. 대체 오늘 밤 그녀는 정신이 어떻게 되기라도 한 것인지?

파리는 칠흑 같고, 반짝이고, 매혹적이었다. 그들은 걸어서 가기로 결정했다. 클레르가 거짓으로 동조하는 표정으로 문을 닫는 걸 보면서 그들 두 사람이 언뜻 느꼈던 안도감이 돌연, 이제 헤어지든가 아니면 서로에 대해 더 잘 알고 싶다는 욕망, 아무튼 이 지리멸렬한 밤을 무언가 과격한 방식으로 끝내고 싶다는 욕망으로 변했다. 루실은 손님들에게 작별 인사를 했을 때 손님들이 자기를 바라보던 시선 속의 여자 역할, 그러니까 젊고 잘생긴 남자 때문에 나이든 보호자 애인을 버리는 젊은 여자 역할을 단 1분 1초일지라도 할 생각이 조금도 없었다. 그건 있을 수 없는 일이었다. 언젠가 그녀는 샤를에게 말했었다. "혹시 내가 당신을 불행하게 만들 수는 있어도, 절대 우스워지게 하지는 않을 거예요." 실제로 그녀가 몇 번인가 바람을 피웠을 때, 그는 아무것도 의심하지 못했다. 이 밤은 우스웠다. 대체 그녀는 낯선 남자와 함께 거리에서 무얼 하고 있는 것일까? 그녀는 그를 돌아보며 미소 지었다.

"그렇게 음울한 표정 지을 필요 없어요. 가면서 한잔할까요, 어때요?"

하지만 그들은 한 잔만 마시지 않았다. 그들은 다섯 곳의 술집에 들렀다. 그중 두 곳은 피했는데, 앙투안이 사라 이외의 누군가와 그곳에 가는 걸 대놓고 견딜 수 없어했기 때문이다. 그들은 대화를 나눴다. 이야기를 나누며 센 강을 건너고 또 건너고, 리볼리 가를 거슬러 올라가며 콩코르드 광장까지 닿았고, 거기서 해리스 술집에 들어갔다가 다시 나와 거리를 쏘다녔다. 새벽바람이 또다시 불어왔다. 루실은 졸음과 위스키와 긴장으로 휘우뚱거렸다. 앙투안이 말했다.

"그 여잔 바람을 피웠어요. 제작자들이며 기자들과 잠자리를 갖는 데 익숙했죠. 딱한 여자 같으니… 나한테 거짓말을 일삼았죠, 난 그 여잘 경멸했고요. 내 자존감을 지키며 그 여잘 비웃고 평가했어요. 세상에, 대체 나한테 무슨 권리로 그런… 날 사랑한 건 확실해요, 그래요, 날 사랑했어요, 그래서 나한테 그런… 그날 밤, 그러니까 죽기 전날 밤에 자기가 도빌로 떠나지 않게 해달라고 거의 애원하다시피 빌었죠. 내가 거기다 대고 이렇게 말했어요. '가, 가버려, 재밌을 거 아냐.' 이런 바보가 있을까요, 이렇게 허세스러운 바보가."

그들은 다리를 건넜다. 그가 루실에게 그녀에 대해 물었다. 루실은 대답했다.

"난 아무것도 모르고, 뭘 알아본 적도 없어요. 부모님 집을 나왔을 땐 세상이 순리대로 굴러가는 것 같았거든요. 파리에서 대학교 졸업장을 따려고 했죠. 꿈을 꾼 거예요. 그런데 그 후로 난 도처에서 부모를 찾고 있어요. 애인들한테서도 친구들한테서도. 아무것도 가진 게 없고 아무 계획도 걱정도 없는데, 아무렇지도 않아요. 잘 견디고, 잘 살고 있죠. 끔찍해요. 왠지 몰라도 아침에 눈을 뜨면 그 즉시 내 안의 무언가가 삶과 조화를 이룬다고 할까요. 난 절대 바뀔 거 같지 않아요. 내가 무얼 할 수 있겠어요? 일이요? 난 재능이 없어요. 아마 당신처럼 일을 좋아해야겠죠. 앙투안, 앙투안, 디안과는 무얼 하는 건가요?"

앙투안은 대답했다.

"디안이 날 사랑하죠. 나도 그녀처럼 크고 날씬한 여자들을 좋아하고요. 사라는 작달막하고 통통했고, 난 그게 눈물이 나도록 애틋했어요. 이해가 가요? 거기에 사라는 지루하기까지 했죠."

피로가 그와 잘 어울렸다. 두 사람은 박(bac) 가를 거슬러 올라가다가 푸르스름한 불빛의 담뱃가게 겸 술집에 들어가는 데 합의했다. 그들은 미소도 긴장감도 없이 서로를 바라보았다. 주크박스에선 스트라우스의 왈츠가 흘러나왔다. 얼큰하게 취한 한 손님이 바 끝에서 아슬아슬한 발동작으로 왈츠 댄스를 흉내 냈다. 루실의 마음속에서 작은 목소리가 탄식했다. '시간이 늦었어. 너무 늦었다고. 샤를이 미친 듯이 걱정하고 있을 거야. 더구나 이 남자가 마음에 드는 것도 아니잖아, 그만 집에 가.'

돌연 그녀의 볼이 앙투안의 재킷에 닿았다. 그가 한 팔로 그녀의 머리를 끌어안았다. 그는 아무 말도 하지 않았다. 그녀는 그들에게 드리우는 기이한 평화를 느꼈다. 술집 주인, 취객, 음악, 조명은 여전히 존재했다. 어쩌면 그녀 자신이 결코 존재하지 않았던 건지도 몰랐다. 그녀는 더는 아무것도 알지 못했다. 그가 택시로 그녀를 집 앞에 내려주었다. 그들은 주소도 교환하지 않은 채 예의바른 어조로 작별 인사를 했다.

5

하지만 그들은 금세 대면하게 되었다. 디안이 발끈했던 것이 스캔들로 번졌다. 그날의 저녁 식사 모임 이후에, 샤를을 초대하지 않고서 디안을 초대할, 더 정확히는 루실 없이 앙투안을 초대할 생각을 하는 여자는 없었다. 디안의 진영이 바뀌었다. 즉 20년 남짓 유지했던 사형집행인의 진영에서 희생자의 진영에 놓이게 되었다. 그녀는 질투했고 이를 드러냈으며 체면을 잃었다. 짐승을 함정에 몰아넣는 함성과도 같은 떠들썩한 소문들이 파리의 봄을 휘젓고 다녔다. 이 세계에선 매우 특수한 경우인 이 의아한 역전으로, 이전엔 디안을 돋보이게 하고 명예롭게 하던 모든 것이 그녀의 손실이 되었다. 미모는 '더는 젊은 날의 그것이 아니'었고, 보석은 '충분하지 않았'으며(일주일 전만 해도 그중의 지극히 하잘 것 없는 하나만으로도 어떤 여자에게도 눌리지 않기에 충분했었는데 말이다), '적어도 그녀에게 남을' 롤스로이스조차 빛을 잃었다. 가엾은 디안. 선망이 손바닥 뒤집듯 뒤바뀌었다. 그녀의 얼굴은 분칠로 닳을 것이고, 심장은 다이아몬드에 부딪쳐 상처 입을 것이며, 그녀의 발바리는 차 안에서 산책하리라. 마침내, 마침내 사람들은 그녀를 동정할 수 있게 되었다.

그녀도 그 모든 걸 알았다. 자기가 사는 도시를 아주 잘 알았다. 그녀는 서른 살에 이 도시라는 기계가 굴러가게 하는 몇몇 톱니바퀴들을 알게 해준 박식한 작가와 결혼하는 행운을 누렸다. 다만 그 뒤로 그가 문자 그대로 '기겁하여' 그녀에게서 도망쳤다. 디안은 또한 그녀의 유년 시절의 사디즘적 보모였던 아일랜드인 조상에게서 비롯된 상당한 용기와, 그 누구에게도 절대 굽힐 필요가 없을 만큼의 막대한 재산이 있었다. 시련은, 특히 여성의 시련은 누가 뭐라 해도 기가 꺾이는 일이다. 제어할 수 없이 열정적이 되어버리는 것에서 벗어나 남자를 오직 그가 그녀에게 애정을 보이는 만큼만 바라봐줬던 디안은, 이제 끔찍한 기분을 느끼며 앙투안의 뒷모습을 살피고 있었다. 그가 원하는 건 무엇인가? 그는 돈을 좋아하지 않았다. 출판사에서 코웃음이 나는 액수를 벌면서도, 그녀에게 밥을 살 수 없을 때는 함께 외출하기를 거부했다. 그래서 별 수 없이 빈번하게 집에서 그와 단둘이 식사해야 했고, 6개월 전만 해도 이런 일은 그녀에겐 어림없는 스케줄이었다. 다행스럽게도 파리엔 부자들에게 무상으로 제공되는 그 모든 시사회며, 다과며, 저녁 식사며, 오락거리가 있었다. 앙투안은 더러 아리송한 표정으로 자기가 좋아하는 건 오직 책뿐이며 언젠가 출판계에서 성공할 거라고 말하곤 했다. 아닌 게 아니라 그는 저녁 식사 자리에서 그와 약간이나마 문학에 대해 진지한 대화를 나눌 수 있는 누군가가 있을 때에만 생기가 돌았다. 이해에 작가 애인이 유행이었던 바, 디안은 다소 들뜬 얼굴로 그에게 공쿠르 상에 대해 이야기했지만 그는 자신이 글 쓰는 재주가 없다고 주장했다. 더 심각한 건, 책을 쓰는 짓을 저지르기 위해서는 글 쓰는 재주가 없는 것이 필수적이라는 거였다. 그래서 그녀는 주장을 굽히지 않았다. "네가 하려고만 들면 틀림없이…, 그럼 짧은 연애소설이라도 생각해봐…."

"아, 싫어요! 싫다고요!" 앙투안은 고함을 쳤다. 그는 절대 고함치지 않았었다. 아니, 그는 르누아르 출판사에서 매달 20만 프랑을 받으며 글을 읽다 끝날 것이며, 50년 뒤에도 여전히 사라를 생각하며 눈물을 흘릴 터였다. 그러는 동안 디안은 그를 사랑했다.

디안은 저녁 식사 모임에서 돌아와 밤을 지새웠다. 앙투안은 새벽녘에야 자기 집으로 돌아갔다. 아마도 취했으리라. 그녀는 한 시간 간격으로 전화를 걸었다. 그의 목소리가 들리면 끊어버릴 요량이었다. 그저 그가 집에 돌아왔는지 확인하고 싶었다. 새벽 6시 30분이 되어서야 그는 전화를 받더니 어린애 같은 목소리로 누구냐고 묻지도 않은 채 단지 "나 졸려요"라고만 웅얼거렸다. 밤새 생제르맹 거리의 술집들을 아마도 루실과 함께 전전했으리라. 하지만 그녀는 루실에 대해 함구해야 했다. 두려운 이름은 절대 발설하는 게 아니었다. 이튿날 그녀는 클레르에게 전화를 걸어 전날 서둘러 자리를 뜬 것에 대해 사과하며, 저녁 내내 두통이 심했다고 둘러댔다.

클레르가 이해심 깊은 상냥한 목소리로 말했다.

"아닌 게 아니라 안색이 몹시 안 좋더라고요."

디안은 차갑게 받아쳤다.

"나이를 거꾸로 먹을 순 없잖아요. 젊은 사람들은 정말 못 당한다니까요."

클레르가 동조의 웃음소리를 냈다. 그녀는 이런 유의 암시, 더 정확히는 명확한 외설을 무척 즐겼다. 다른 사교계 여자에게 자기 애인의 남성적 능력에 대해서 이야기하는 사교계 여자보다 더 정확하고 기술적일 수 있는 사람은 아무도 없었다. 마치 의상디자이너를 평가할 때는 애인에게 갖다 붙일만한 형용사들을 남발하는 여자들이, 애인에 대해 평가할 때는 몸무게나 신장 관련 수치만 사용하는 것과 같다고 할까.

따라서 앙투안에 대해 칭찬이라고 할 수 있는 두세 마디 평가가 이어졌다. 클레르는 다소 짜증이 났고 디안은 아무 말도 덧붙이지 않았다. 클레르가 선수를 쳤다.

"그 루실이란 아가씨는 학생처럼 주체 못하고 키들거리는 웃음이 좀 거슬리더라고요. 거의 서른 살은 됐죠, 그렇죠?"

디안이 말했다.

"잿빛 눈이 예쁘잖아요. 호인인 샤를은 그게 좋은 건지…."

클레르가 한숨을 내쉬었다.

"루실과 벌써 2년째예요. 어쨌든 길게 가고 있어요."

"샤를과도 벌써 2년째인 거예요. 그걸 잊지 말아요."

이 재치 있는 말과 함께 두 여자는 너털웃음을 터뜨린 뒤 유쾌하게 전화를 끊었다. 디안은 전날의 사건이 완화되었다고 믿었다. 그러나 클레르는 안하무인인 디안이 무슨 변덕인지 정오에 전화를 걸어 사과했다는 말을 퍼뜨릴 수 있었다. 디안은 파리에선 기본이 되는 이 원칙을 잊었다. 바로 어떤 것에 대해서도 절대 사과해선 안 된다는 것과, 꺼림칙하게 생각하지만 않는다면 누구나 무슨 짓이든 저지를 수 있다는 것.

조니는 클레르의 지시에 따라, 샤를 블라샹스 리니에르를 디안도 참석하는 연극 시사회에 초대했다. 연극이 끝난 뒤 '오직 친구들끼리만' 어딘가로 저녁 식사를 하러 가기로 되어있었다. 클레르에게는 루실과 앙투안을 한 공간에 둔다는 즐거움 외에도, 샤를이 자동적으로 저녁 식사 비용을 지불하리라는 확실한 계산이 있었다. 조니가 요즘 파산 상태였던 바, 그것은 실용적인 방법이었다. 디안이 비용을 지불하게 내버려둘 수 없었고, 다른 재력가 남자를 초대하고자 해도 딱히 마땅한 인물이 떠오르지 않았다. 진짜 호화로운 삶을 영위하는 남자들이 대부분 남자를 좋아하는 남자들인 이 시대에, 샤를 같은 남자는 정말이지 소중한 희귀종이었다. 연극은 분명 재미있을 터였다. 비주 뒤부아의 작품이었고 비주 뒤부아는 연극이 무엇인지 알았으니까.

클레르는 아틀리에 극장으로 향하는 택시에서 조니에게 말했다. "어쩌겠어요, 난 자기의 그 현대 연극은 도무지 견딜 수가 없는걸. 배우들이 소파에 앉아 삶에 대해 읊조리는 걸 보고 있노라면 지루해서 주리가 틀린다고요. (그녀가 열을 내며 말했다) 숨기지 않을게요, 난 통속극이 훨씬 더 재밌어요. 조니, 내 말 듣고 있어요?"

그녀의 이 푸념을 열 번도 더 들은 조니가 고개를 주억거렸다. 클레르는 매력적이었지만, 그녀의 활력은 그를 지치게 했다. 조니는 왈칵 차에서 내려 인파로 득시글거리는 클리시 광장으로 걸어 올라가서 고깔 모양의 종이 용기에 든 감자튀김을 와그작거리거나, 아니면 차라리 거리의 아무 부랑자에게나 얻어터지고 싶었다. 클레르의 연애는 그에겐 지나치게 단순해 보였다. 그는 그녀의 연애가 결실을 맺을 때마다 번번이 놀라곤 했다.

당쿠르 광장에선 초대받은 손님들이 원을 그리며 모여 있었다. 그들은 인사를 나누며, 아틀리에는 파리에서 가장 예쁜 극장이고 이 작은 광장은 정말이지 목가적이라는 단언을 주고받았다. 루실이 샤를의 에스코트를 받으며 카페에서 나와 벤치에 앉더니 엄청나게 큰 샌드위치를 베어 물어 먹기 시작했다. 이 행동을 나무라는 소리가 들린 것도 잠시, 몇몇 허기진 사람들이 루실에게 가세했다. 디안의 차가 소리 없이 당도하여 우연의 일치로 벤치 바로 앞에 멈춰 섰다. 앙투안이 차에서 먼저 내려 디안이 내리는 걸 부축하고는 고개를 돌렸다. 그의 눈에 행복한 표정으로 입 안 가득 샌드위치를 우물거리는 루실이 들어왔다. 샤를이 당황하며 자리에서 일어나 디안에게 인사했다. 디안이 말했다.

"세상에, 피크닉 중인 거예요? 정말 좋은 생각이에요."

그녀는 주위를 빠르게 훑었다. 에드메 드 길트와 두두 윌슨과 베르 부인이 다른 벤치에서 루실 못지않게 탐스러운 샌드위치 파티를 벌이고 있었다.

"9시네요. 연극이 시작되려면 아직 15분이나 남았군요. 앙투안, 미안하지만 저 카페에 다녀오지 않을래요? 몹시 시장하군요."

앙투안은 망설였다. 루실은 그가 카페를 바라보다가 이윽고 디안을 바라보는 걸 보았다. 결국 그가 체념의 손짓을 하더니 길을 건너 카페의 문을 밀고 들어갔다. 루실이 지켜보자니 카페 주인이 벌떡 일어나 카운터를 돌아 나와서 곤혹스런 표정의 앙투안과 악수했다. 이어서 종업원이 다가와 악수했다. 루실한테는 앙투안의 등만 보였는데, 그가 뒤로 물러나며 매질 세례라도 받는 듯 몸을 움츠리는 것처럼 느껴졌다. 불현듯 이름 하나가 떠올랐다. 사라. 같은 극장, 리허설들, 앙투안이 그녀를 기다리던 카페. 그 뒤로 그가 두 번 다시 오지 않았을 카페.

디안이 불평했다.

"대체 앙투안은 뭐하는 거지? 혼자서 뭘 마시다 취하기라도 한 건가?"

그녀가 고개를 돌려, 앙투안이 마치 샌드위치를 구하지 못한 것에 양해라도 구하려는 듯 주춤거리며 문을 나서려 하는 걸 보았다. 카페 여주인도 나타나 앙투안의 손을 잡으며 고개를 주억거렸다. 예전에 사라를 기다리며 여주인과 함께 웃곤 했던 듯했다. 리허설이 한창일 때 극장 주변의 카페들에선 늘 즐거운 웃음이 끊이질 않는다.

디안이 말했다.

"왜 저러는 거지?"

"사라요."

루실이 디안을 쳐다보지 않은 채 대답했다.

이 이름이 디안을 거북하게 만들었다. 하지만 앙투안을 추궁하지는 말아야 했다. 그에게 묻지 말아야 했다. 그가 아무것도 모르는 심상한 표정으로 두 여자를 향해 다가왔다. 불현듯 깨달은 디안이 루실을 휙 돌아보았다. 루실은 움찔했다. 아닌 게 아니라 디안은 루실을 후려칠 뻔했다. 그러니까 이 어린 여자도 알고 있었다. 이 여잔 그걸 알 권리가 없었다. 앙투안은 그녀 거였다. 앙투안의 웃음도, 앙투안의 슬픔도. 그는 밤에 그녀의 어깨에 기대어 사라를 꿈꿨다. 그녀보다 사라와의 추억을 택했다. 연극의 시작을 알리는 벨이 울렸다. 그녀는 앙투안의 팔을 잡아 이끌었다. 앙투안은 멍한 시선으로 디안에게 이끌렸다. 몇몇 평론가들이며 디안의 몇몇 친구들에게 예의바르게 인사했고, 디안이 착석하는 걸 도왔다. 벨이 세 번 울리고 어둠이 장내를 감쌌다. 그녀가 그에게 몸을 기대며 말했다.

"불쌍한 우리 자기…"

그녀가 그의 손을 잡았고, 그는 그녀가 하는 대로 내버려두었다.

6

막간에 손님들은 두 그룹으로 나뉘었다. 루실과 앙투안은 멀리서 서로에게 미소 지었다. 그들은 처음으로 서로에게 호감을 느꼈다. 그는 그녀가 샤를의 건장한 어깨에 멍하니 기대어 이야기하는 걸 바라보았다. 그녀의 목덜미의 곡선과 약간 재미있다는 듯 주름진 입가가 그의 주의를 끌었다. 관객 무리를 헤치고 곧장 나아가 그녀에게 키스하고 싶었다. 모르는 여자에게 욕망을 느껴보지 않은 지 제법 오래되었다. 정확히 그 순간, 그녀가 앙투안을 돌아보았다. 그녀는 그의 시선이 의미하는 바를 알아차리고는 일순 몸이 굳더니 이윽고 그에게 보일 듯 말 듯한 난처한 미소를 지어 보였다. 이제껏 그녀는 앙투안의 준수함을 결코 의식하지 않았다. 그녀가 그의 준수함에 민감해지려면 그가 그녀를 욕망해야 했다. 그녀는 평생토록 그런 식이었다. 즉 - 우연한 행복인지, 아니면 거의 병적인 끔직한 장애인지 몰라도 - 자기에게 관심이 있는 존재들에게만 관심이 있었다. 그녀는 이제는 앙투안에게서 등을 돌리며 그의 아름다운 입술과 황금빛 눈동자를 되새겼고, 요전날 밤에 그들이 대체 어떤 얼토당토않은 이유로 키스하지 않았던 건지 자문했다. 샤를은 루실의 머리가 어깨에서 떨어져나간 걸 느끼고는 그녀를 바라보았고, 그 즉시 마음에 드는 누군가가 나타났을 때 루실이 짓는 표정, 거의 체념한 듯한 부드럽고 생각에 잠긴 그 표정을 알아차렸다. 그는 고개를 돌렸고, 앙투안을 보았다.

극장을 나서며 작은 그룹이 형성되었다. 클레르는 연극과 마하라니 여왕의 보석들과 포근한 날씨에 환호했다. 고조된 행복감에 취해 한껏 들떴다. 그들은 좀처럼 식당을 선택하지 못하다가, 결국 파리 교외의 마른(Marne)에 가서 저녁을 들기로 결정했다. 드넓은 잔디며 밤공기에 클레르가 행복해할 것임이 자명했다. 디안의 운전기사가 대기 중이었다. 샤를이 느닷없이 그녀에게 다가갔다.

"디안, 날 태워다주지 않겠소? 우린 루실의 컨버터블로 왔는데, 오늘 밤은 내가 감기에 걸린 데다 유독 나이가 실감되는군요. 앙투안은 루실에게 맡기고요."

디안은 눈썹 하나 까딱하지 않았다. 반면 클레르는 이해할 수 없다는 듯 그들을 향해 휘둥그렇게 뜬 눈을 이리저리 굴렸다. 디안이 대답했다.

"물론이에요. 앙투안, 그럼 이따 봐요, 너무 빨리 달리지 말고요."

샤를, 디안, 클레르, 조니, 그들 네 사람은 롤스로이스에 올랐다. 루실과 앙투안은 다소 어리둥절한 채로 보도에 남겨졌다. 샤를도 디안도 그들을 돌아보지 않았다. 반면 클레르는 그들에게 한쪽 눈을 찡긋해 보였는데, 그들은 순간 멈칫하며 똑같이 클레르를 못 본 척했다. 루실은 생각에 잠겼다. 스스로를 괴롭히는 것이 샤를의 특성이긴 했으나, 그는 어떻게 그녀 자신도 한 시간 전만 해도 깨닫지 못한 욕망을 짐작할 수 있었던 것일까? 분명 난처한 일이었다. 이제껏 그녀는 샤를이 절대 마주칠 리 만무한 남자들과만 바람을 피웠다. 이 세계에서 그녀가 혐오하는 한 가지가 있다면, 바로 두 연인이 다른 한 사람의 바로 등 뒤에서 암묵적으로 결탁하고, 클레르 같은 목격자들이 그걸 재밌어하며 낄낄대는 것이었다. 루실은 그런 일은 바라지 않았다. 앙투안이 그녀의 어깨에 손을 얹었다. 그녀는 고개를 저었다. 아무튼 인생은 단순했고, 날은 포근했으며, 이 남자가 마음에 들었다. 나머지는 두고 볼 일이었다. 30년을 살아오는 동안 그녀가 '두고 보자'라고 생각한 횟수는 셀 수 없었다. 그녀는 웃음을 터뜨렸다.

앙투안이 물었다.

"왜 웃어요?"

"내가 우스워서요. 차는 저 위에 있어요. 열쇠를 어디에 뒀더라? 그쪽이 운전하겠어요?"

앙투안이 운전했다. 그는 처음엔 말없이 길을 달리다가, 지

붕이 열린 차 안의 밤공기를 불안한 표정으로 들이마셨다. 그
리고 계속해서 살살 달리다가 에투알 가에 이르러서야 그녀
를 돌아보았다.

"샤를이 왜 그런 걸까요?"

"모르겠어요."

그들은 자기들이 방금 이 두 문장으로, 연극의 막간에 나누
었던 은밀한 시선을 확인하고 인정했으며, 이제는 그들 사이
에 무언가가 놓였고 더는 돌이킬 수 없다는 걸 깨달았다. 그녀
는 이렇게 대답했어야 했다. "뭐가요? 뭐가 말이에요?" 그러
고는 샤를의 행동을 감기에 걸린 남자의 현명한 대처로 탈바
꿈시켜야 했었다. 너무 늦었다. 그녀는 이제 오직 한 가지 바람
뿐이었다. 속히 식당에 도착하는 것. 아니면 앙투안이 난폭하
게 운전하며 저속한 말을 내뱉어서 그녀의 마음이 바로 돌아
서든가. 앙투안은 아무 말도 하지 않았다. 그들은 이제 숲을 통
과했다. 센 강을 따라 달리는 그들은 부릉거리는 이 컨버터블
안에서 사랑에 빠진 부잣집의 자녀들처럼 보였다. 그녀는 뒤
퐁 그룹의 딸이었고 그는 뒤부아 식품의 아들이었으며, 그들
은 여드레 뒤에 샤이오 궁전에서 가족의 축복을 받으며 결혼
식을 올리는 것이다. 아이는 둘을 낳을 터였다.

앙투안이 마른 쪽을 돌아보며 말했다.

"다리가 하나 더 있네요. 우리가 함께 건넌 다리들이 꽤 많았죠."

그들이 함께 보낸 밤에 대한 첫 암시였다. 루실의 머릿속에 불쑥 작은 카페에서 그의 재킷에 얼굴을 묻었던 기억이 떠올랐다. 완전히 잊고 있었다. 그녀는 동요했다.

"맞아요, 네. 그러네요…."

그녀가 희미한 손짓을 했다. 앙투안의 손이 공중에 떠있던 그 손을 잡아 살짝 쥐었다. 그들은 공원으로 진입했다. 루실은 생각했다. '이것 봐, 그가 내 손을 잡고 공원을 통과하고 있어. 봄이야. 겁먹을 필요 없다고, 난 더 이상 열여섯 살이 아니야.'

하지만 심장이 세차게 두근거렸고, 피가 얼굴과 손에서 빠져나와 목구멍으로 몰려든 기분이었다. 숨이 막혔다. 그가 차를 세웠을 때 그녀는 머릿속이 복잡해졌다. 그가 그녀를 끌어안더니 격렬하게 키스했다. 그녀는 그도 자기만큼이나 떨고 있다는 걸 알아차렸다. 그가 몸을 일으키며 그녀를 바라보았다. 그녀는 미동도 하지 않고 그를 똑바로 바라보았다. 그의 얼굴이 다시 다가와 이번엔 부드럽고, 엄숙하게 키스했다. 그는 그녀의 관자놀이에 이어 볼에 입을 맞추고는 다시 입술로 돌아왔다. 그녀는 자기 얼굴 위의 이 주의 깊고 온화한 얼굴을 바라보면서 자신이 이 얼굴을 이제 자주 보게 될 것이며, 거기에 어떤 저항도 하지 못하리라는 걸 깨달았다. 누군가를 이 정도로 욕망할 수 있다는 걸 잊고 있었다. 꿈은 꾸었으리라. 얼마 동안? 2년, 3년? 하지만 그녀는 다른 얼굴을 기억해내지 못했다. 그녀의 머리칼 속에서 앙투안의 걱정스런 목소리가 들려왔다.

"대체 내가 왜 이러는 거지? 대체 내가 왜 이러는 거냐고…?"

그녀는 빙긋 미소를 지었다. 앙투안은 자신의 볼과 밀착된 루실의 볼이 주름지는 걸 느꼈다. 그도 빙긋 미소를 지었다.

그녀가 가라앉은 목소리로 말했다.

"들어가야 해요."

앙투완이 말했다.

"싫어, 싫어요."

하지만 잠시 뒤 그는 그녀에게서 몸을 떼어냈다. 반사적인 고통이 그들에게 현실을 일깨웠다.

앙투안은 차를 다시 출발시켜 전속력으로 달렸다. 루실은 차와 함께 덜컹거리며 되는 대로 화장을 고쳤다. 롤스로이스는 이미 도착해있었다. 그들은 자기들이 파리에서 롤스로이스를 추월했을 수도 있다는 걸 불현듯 깨달았다. 이 차가 그들 뒤에 공원에 도착해서 한밤중에 발각된 두 마리 새처럼 그들을 헤드라이트로 비출 수도 있었으리라는 걸. 하지만 힘과 부와 그들의 권력 관계의 상징인 롤스로이스는 작은 광장의 상석에 위풍당당하게 자리 잡고 있었다. 그 옆에 주차된 자그마한 컨버터블이 우스우리만치 작고 부실해 보였다.

　루실은 화장을 지웠다. 완전히 기진한 기분이었다. 그녀는 입가와 눈가에서 시작되는 잔주름을 응시하며 이것이 무슨 의미인지, 대체 누구한테서 혹은 무엇에서 비롯된 것일지 자문했다. 열정이나 생의 수고에서 비롯된 주름은 아닐 터였다. 분명 편리함과 한가로움과 소일의 표시였다. 순간 끔찍하다는 생각이 엄습했다. 그녀는 한 손을 이마로 가져갔다. 1년 전부터 스스로에게 혐오감을 느끼는 이런 순간이 잦아졌다. 아무래도 병원에 가봐야 할 듯했다. 긴장 탓이리라. 그녀는 비타민을 몇 알 삼키고 나서, 계속해서 마냥 쾌활하게 삶을 탕진할 터였다 (혹은 꿈을 꿀 터였다). 그녀의 목소리가 일종의 분노와 함께 이런 말을 내뱉고 있었다.
　"샤를…? 왜 날 앙투안과 단둘이 내버려둔 거죠?"
　동시에 그녀는 자신이 문제를, 사건을 키우려 하고 있다는 걸, 조용히 치미는 자기 안의 혐오감을 물리치기 위해 무슨 짓이든 하려 하고 있다는 걸 알았다. 그 대가를 치를 이는 샤를이었다. 고통을 당할 이는 샤를이었다. 극단만을 추구하다니, 어리석었다. 그걸 타인에게 겪게 하다니 더더욱 어리석었다. 하지만 문장이 이미 시위를 떠났다. 말이 화살처럼 침실과 복도를 가로질러, 자기 방에서 천천히 옷을 벗고 있는 샤를에게 꽂혔다. 그는 몹시 고단했기에, 질문을 피하며 그냥 '이봐요, 루실, 난 감기 기운이 있었소'라고 얼버무릴까, 잠시 생각했다. 그러면 그녀도 더는 물고 늘어지지 않으리라. 그녀의 진실 추구는, '대결의 순간'은 결코 더 진척되지 않을 터였다. 하지만 이미 알고 싶은 욕구가, 고통 받고 싶은 욕구가 간절했다. 지난 20년간 그에게 애인들의 외도를 능숙하게 무시하게 했던 이 안전에 대한 취미를 이렇게까지 잃어본 적이 없었다. 그는 대답했다.

"당신이 그를 마음에 들어 한다고 생각했소."

그는 그녀 쪽을 돌아보지 않았다. 거울만을 응시했다. 그리고 창백해지지 않은 자신에게 놀랐다.

"내가 마음에 들어 하는 모든 남자들의 품에 나를 던질 작정이라도 한 거예요?"

"날 원망하지 말아요, 루실. 그렇다면 정말 심각한 신호니까."

하지만 그녀는 이미, 방을 건너와 그의 목에 팔을 두르며 불분명하게 "미안해요"라고 웅얼거렸다. 거울로는 그의 어깨를 덮은 루실의 짙은 갈색 머리칼만이 보였다. 기다란 머리칼 하나가 그의 팔로 떨어졌다. 심장이 똑같이 옥죄어드는 기분이었다. 똑같은 고통이 느껴졌다. '내가 좋아하는 건 이게 다인데. 이건 결코 진정한 내 것이 될 수 없겠지. 이 여잔 날 떠날 거야.' 이 순간에 어떻게 다른 머리칼을, 다른 존재를 사랑하는 게 가능하다고 상상이나 할 수 있겠는가. 사랑은 분명 오직 이 돌이킬 수 없는 기분에 달려있었다.

루실이 말했다.

"그런 식으로 말하려던 건 아니었어요, 하지만 이 상황이…"

샤를은 그녀를 바라보며 말했다.

"당신은 내가 관대한 걸 싫어하잖소. 안심해요, 난 그렇지 않으니까. 그저 뭔가를 확인하고 싶었고, 그게 다요."

"뭘 확인했는데요?"

"식당에 들어서는 당신의 표정, 당신이 그를 바라보지 않는 방식. 난 당신을 알아. 당신은 그가 마음에 든 거요."

루실이 그에게서 몸을 떼어냈다. 그리고 말했다.

"그래서요? 다른 사람을 고통스럽게 하지 않으면서 누군가가 마음에 드는 건 정말로 불가능한 건가요? 난 결코 평화로울 수 없는 걸까요? 이게 대체 무슨 법이죠? 그래서 당신은 무슨 자유를 누렸는데요? 그러니까 무슨…"

그녀는 말을 어물거리며 더듬었다. 동시에 한 번도 이해받지 못했다는 기분이 들었다. 샤를은 미소를 지으며 대답했다.

"난 아무 자유도 누리지 않았소. 내가 당신한테 푹 빠져있다는 걸 잘 알잖소. 당신은 자유를 누릴 수 있소. 앙투안이 맘에 들잖아요. 자, 이제 당신은 다음을 이어가든지 아니든지 할 것이고, 난 그걸 알게 되든지 아니든지 하겠지. 그건 나로서는 전혀 어쩔 수 없는 거요."

그가 실내 가운을 걸친 채 침대에 누웠다. 루실은 그의 앞에 서있었다. 그가 침대 가장자리에 앉았다. 그녀는 꿈을 꾸듯 말했다.

"맞아요. 그가 마음에 들어요."

그들은 서로를 바라보았다.

루실은 불쑥 물었다.

"혹시 그런 일이 벌어지면 고통스러울 것 같아요?"

샤를은 대답했다.

"그렇소. 그건 왜 물어요?"

"왜냐하면, 그렇지 않으면 당신을 떠날 수도 있어요."

그녀는 대답하고는 샤를의 침대에 비스듬히 누웠다. 한 손으로 머리를 괴고서 무릎은 턱까지 움츠린 채 해방된 얼굴로. 2분 뒤 그녀는 잠이 들었고, 샤를은 그녀와 이불을 공평하게 나눠 덮는 데 애를 먹었다.

7

앙투안은 조니를 통해 루실의 전화번호를 손에 넣었다. 이튿
날 오전 그는 그녀에게 전화했다. 오후 4시, 그들은 푸아티에
가에 있는 그의 방에서 만났다. 절반은 학생 방 같고, 절반은
진지한 어른 방 같은 원룸이었다. 그녀는 우선은 방을 보지 않
았다. 앙투안만을, 단 한마디 말도 없이, 생클루 공원 이후로
단 한순간도 헤어지지 않았던 것처럼 흔한 환영 인사도 하지
않은 채 자신에게 키스하는 앙투안만을 보았다. 서로 간에 불
꽃이 일어난 남자와 여자 사이에 일어날 수 있는 일이 그들에
게 일어났다. 순식간에, 그들은 예전에 알았던 쾌락을 더는 기
억하지 못했고, 자신들의 육체의 한계를 잊었다. 수치심이라든
지 담대함이라든지 하는 단어들이 그만그만하게 추상적이 되
었다. 이제 한두 시간 뒤에는 헤어져야 한다는 사실이 그들에
게는 용납할 수 없이 부도덕하게 여겨졌다. 그들은 이미 상대
의 어떤 동작도 결코 불쾌할 수 없으리라는 걸 알았고, 육체적
사랑에 관해 서툴고 유치한 날것의 언어들을 재발견하며 소곤
거렸다. 그들은 주거나 받은 쾌락에 대한 자랑과 감사를 끊임
없이 서로에게 돌렸다. 또한 이 순간이 특별하다는 걸, 한 인
간에게 자신의 반쪽을 찾는 것보다 더 멋진 일은 아무것도 없

다는 걸 알았다. 예기치 않았으나 이제는 필수적이 되어버린 육체적 열정이 – 하마터면 그들 사이에서 스치고 지나갈 뻔했던 – 진정한 이야기를 만들려하고 있었다.

하늘이 어두워졌다. 그들은 너 나 할 것 없이 시계를 보기를 거부했다. 그들은 고개를 젖히고서 담배를 피웠고, 녹초가 된 두 전사처럼, 두 정복자처럼 함께 발산한 땀과 난투와 사랑의 냄새를 고스란히 간직했다. 이불이 바닥에 나뒹굴었고, 앙투안의 손은 루실의 엉덩이에 놓였다. 루실은 말했다.

"난 이제 얼굴을 붉히지 않고는 널 볼 수 없어, 마음이 아프지 않고는 네가 떠나는 걸 볼 수 없고, 시선을 돌리지 않고는 다른 사람 앞에서 너한테 얘기할 수 없을 거야."

그녀는 침대에 팔꿈치를 괴고는 어지러워진 방안과 옹색한 창문을 바라보았다. 앙투안이 그녀의 어깨에 손을 얹었다. 그녀는 등이 대단히 곧았고, 대단히 매끈했다. 그녀와 디안 사이엔 열 살의 나이 차와 그간의 삶에 기인하는 간극이 있었다. 그녀가 그를 돌아보자 그는 손을 오므렸고 다음 순간, 그녀의 턱밑을 거의 난폭하게 움켜잡았다. 루실의 입술이 그의 손바닥에 눌렸고, 그녀의 얼굴을 감싸 쥔 그의 손가락들에 힘이 들어갔다. 그들은 서로의 눈을 똑바로 들여다보며, 한마디 말도 없이 무슨 일이 있어도 이와 유사한 수천의 시간을 가질 것을 약속했다.

8

"그런 얼굴 하지 말아요, 친구. 여긴 칵테일 파티장이에요. 공포영화 촬영장이 아니라."

조니가 말했다. 그가 앙투안의 손에 유리잔을 쥐어주자, 앙투안이 끊임없이 문을 흘끔거리다가 기계적인 미소를 지었다. 그와 디안이 여기 온 지 한 시간째였고, 거의 밤 9시였다. 루실은 여전히 도착하지 않았다. '뭘 하는 거지?' 그녀는 그에게 오겠다고 약속했었다. 그는 그의 방문턱에서 그녀가 "내일, 내일 봐"라고 말하던 목소리를 떠올렸다. 그 이후로 그녀를 보지 못했다. 혹시 그를 놀린 것일까? 어쨌든 그녀는 샤를 블라상스 리니에르의 보호 하에 안락하게 살고 있었다. 삶에 여유가 있는 여자였고, 그와 같은 젊은 수컷은 도처에서 찾을 수 있을 터였다. 혹시 전투적이고 성스러웠던 전날 오후에 그가 꿈을 꾼 것일까? 혹시 그녀에겐 다른 남자들과 보냈던 숱한 오후 중 하나에 불과했던 것일까? 혹시 그가 어리석고 허세스러웠던 것일까? 디안이 그에게 거부인 그 집주인을 데려왔다. '문학에 미친' 미국인이었다.

"윌리엄, 앙투안 알죠?"

그녀가 (마치 그가 그녀의 애인인 걸 아직도 모르는 누군가는 있을 수 없다는 듯이) 확신에 찬 어조로 말했다.

"그럼요, 알고말고요."

미국인이 감정하는 듯한 미소를 지으며 대답했다.

'아주 내 윗입술을 까뒤집어 치아 검사라도 할 기세로군.' 앙 투안은 은근히 분개하며 생각했다. 디안이 말했다.

"윌리엄이 스콧 피츠제럴드에 관해 충격적인 사실을 들려줬 어요. 윌리엄의 부친의 친구거든. 앙투안이 피츠제럴드에 대해 열렬한 애정을 갖고 있답니다. 이이한테 죄다 얘기해주세요, 윌리엄, 하나도 빠짐없이 모조리…."

나머지 말은 앙투안에게 닿지 않았다. 루실이 들어왔다. 그 녀는 재빠른 시선으로 장내를 훑었다. 앙투안은 좀 전의 조니 의 농담을 이해했다. 루실의 얼굴이 정확히, 아마도 5분 전의 그처럼 공포영화 속의 그 표정이었다. 그녀가 그를 발견하더니 멈칫했다. 그의 한 발이 무의식적으로 그녀를 향해 나아갔다. 앙투안은 아찔한 현기증을 느꼈다. '루실한테 다가가 품에 안 고서 입술에 키스할 거야. 그 다음은 될 대로 되라지.' 루실이 그의 생각을 읽었다. 한순간, 그녀는 그가 생각을 실행에 옮기 도록 내버려둘 뻔했다. 밤과 낮이 너무 길었고, 두 시간 동안 이어진 샤를의 지체가 너무 길었다. 그녀는 너무 늦을까봐 두 려웠다. 그들은 그렇게 굳어버린 듯, 서로를 응시했다. 별안간 루실이 등을 홱 돌렸다. 거친 동작, 무력감에 분노한 동작이었다. 그녀는 그럴 수 없었다. 샤를을 곤경에 빠뜨리지 않게 하기 위해서였다고 스스로를 다독였지만 실은 두려움 때문이었다.

조니가 그녀 곁을 지켰다. 그가 미소를 지으며 묘하게 걱정하는 표정으로 그녀를 살폈다. 그녀도 미소로 화답했다. 그가 그녀의 팔을 붙들고서 음식이 차려진 곳으로 이끌었다. 그리고 말했다.

"당신 때문에 두려웠어요."

"왜요?"

그녀는 그를 똑바로 쳐다보았다. 이렇게 시작될 일이 아니었다. 이렇게 일찍은 아니었다. 공범들, 친구들, 정보통들, 비웃음. 있을 수 없는 일이었다. 조니가 어깨를 풀썩거리며 다정하게 말했다.

"난 당신이 정말 좋아요. 당신은 아무 상관없겠지만, 난 당신을 정말 좋아해요."

그의 목소리의 무언가가 루실을 감동시켰다. 그녀는 그를 바라보았다. 그는 혼자라고 느끼는 게 분명했다.

"왜 내가 아무 상관없을 거라고 생각해요?"

"당신은 마음에 드는 사람한테만 관심이 있으니까요. 나머지 사람들은 죄다 거북하기만 하죠. 내 말이 틀려요? 결과적으로 그것도 우리의 이 작은 그룹에선 나쁘지 않아요. 그럼 좀 더 오랫동안 까딱없을 테니까."

그의 말이 귀에 들어오지 않았다. 앙투안이 연회장 건너편에서 얼굴들의 숲 뒤로 사라졌다. 어디로 간 것일까? '어디 있어, 나의 바보, 나의 연인, 앙투안, 뼈가 불거진 너의 그 큰 몸을 어디에 감춘 거야, 너의 그 금빛 눈이 여기, 10미터 떨어진 곳에 있는 날 보지 않는다면 대체 무슨 소용이야, 바보, 나의 바보.' 말랑말랑한 파도가 그녀를 엄습했다. 조니가 무슨 얘길 했더라? 물론 그녀는 마음에 드는 사람만 좋아하고, 그 마음에 드는 사람은 앙투안이었다. 수년 만에 처음으로 느끼는 듯한 확신이었다.

조니는 이 확신을 시기심과 슬픔이 어우러진 감정으로 바라보았다. 그가 루실을 좋아하는 건 사실이었다. 그는 그녀가 침묵하고, 지루해하고, 웃는 방식이 좋았다. 이제 그는 욕망의 힘으로 젊어지고 어린애 같아지고 거의 원시적이 된 이 새로운 얼굴을 응시했고, 아주 오래 전에 자신도 세상 모든 것에 앞서 누군가를 원했던 기억을 떠올렸다. 그는 로제였다. 그랬다, 조니는 로제가 연회장에 들어서는 것이 눈에 선했고 더는 살아 있는 것 같지 않은 기분을, 혹은 다시 살아난 기분을 느꼈다. 이 사랑이야기 속에서 삶은 어디에 있고, 꿈은 어디에 있는 것일까? 아무튼 앙투안 녀석은 시간을 허비하지 않았다. 그가 조니에게 루실의 전화번호를 물은 것이 바로 전날이었으니까. 그는 조용히, 꼭 해야 할 일처럼, 남자 대 남자로 물었었다. 묘하게도 조니와 앙투안, 그들의 관계엔 일종의 남성적인 묵계가 존재했다. 조니는 클레르에게 기쁨의 원천이 될 이 전화번호 얘기를 전할 생각조차 하지 않았다. 조니가 아직은 하지 않는 몇 가지 일들이 있었고, 오직 신만이 삶이 힘들다는 걸 알았다.

디안은 앙투안의 동요를 감지하지 못했다. 루실이 연회장에 들어선 순간, 디안의 드레스 자락이 기적적으로 원탁에 걸렸다. 윌리엄만이 이 젊은 남자가 스콧 피츠제럴드라는 이름을 듣는 순간 슬쩍 빠져나가려는 동작을 취한 것에 놀랐다. 결국 앙투안은 재빨리 그들에게 다시 주의를 돌렸고, 이제는 디안이 드레스에 달린 인조 보석들이 떨어지지 않도록 조심조심 원피스 자락을 빼내는 걸 도왔다.

"왜 그렇게 손을 떠니?"

디안이 목소리를 낮추지 않고 말했다.

그녀는 그에게 더러 우발적으로 반말이 나올 때를 제외하고는 사람들 앞에선 대개 존대를 했는데, 이 우발적인 경우가 이제는 좀 지나치게 빈번해졌다. 앙투안은 그런 그녀가 원망스러웠다. 게다가 이틀 전부터는 그녀의 모든 것이 원망스러웠다.

잠버릇, 목소리, 우아함, 행동 하나하나가 원망스러웠고 그녀가 존재하는 것이, 그녀가 더 이상 루실이 참석하는 연회에 갈 수단이 되지 못하는 것이 원망스러웠다. 게다가 조금 전부터는 루실을 만질 수 없는 자신조차 원망스러워졌다. 디안이 곧 의아해할 터였다. 이 주제에 관해 앙투안은 늘 관능과 무심함이 뒤섞인, 철저히 일관된 태도를 보였다. 그는 자신의 이런 소극적인 태도가 디안에게 그 자체로 얼마간의 희망을 불어넣는다는 걸 알지 못했다. 그녀가 이 유능하고 말수 적고 서정적이지 않은 애인을 두려워하는 만큼, 욕망과 가장 상반되는 조짐들까지 포함한 모든 것들로 열정을 키운 만큼 말이다. 그동안 그는 시선으로 루실을 찾았다. 그녀가 여기 있다는 걸 알았다. 그는 좀 전에 그녀가 들어오리라는 희망 속에서 문을 유심히 살폈던 것처럼, 이번엔 그녀가 행여 나갈세라 두려워 문을 감시했다. 뒤에서 샤를 블라상스 리니에르의 목소리가 들려왔다. 그는 소스라치며 뒤를 돌아 루실과 악수한 뒤 다정하게 샤를의 손을 잡고 나서, 이윽고 루실과 다시 눈을 마주쳤다. 그녀의 시선이 웃고 있었다. 완벽에 가까운 행복한 승리감이 밀려왔다. 이 감정이 하도 격렬하여 그는 표정을 들키지 않기 위해 헛기침을 했다. 블라상스 리니에르가 말했다.

"디안, 지난번엔 얘기했던 그 볼디니 그림 말이요, 그걸 월리엄이 갖고 있어요. 윌리엄, 디안한테 그 그림을 꼭 보여드려야 합니다."

순간 앙투안의 시선이 샤를의 시선과 부딪쳤다가 윌리엄과 디안 쪽으로 미끄러졌다. 샤를의 눈은 완벽하게 정직한, 사려 깊은 푸른 눈이었다. 그는 과연 고통스러울까? 의혹을 품었을까? 앙투안은 아직 의문을 품어보지 못했다. 그동안 그는 디안한테만 관심을 가졌었고, 그것도 가벼운 정도였다. 사라의 죽음 이후로, 그는 누구에 대해서도 어떤 의문도 품어본 적 없었다. 이제 그는 루실과 단둘이 남았고, 그녀에게 무언으로 물었다. '넌 누구야? 나한테 원하는 게 뭐니? 여기서 뭐하는 거야? 내가 너한테 뭐니?'

루실은 말했다.

"못 오는 줄 알았어요."

그녀는 생각했다. '난 이 남자에 대해 아는 게 아무것도 없어. 그가 섹스하는 방식 외에는 정말 아무것도. 어째서 우리가 이토록 열정적인 관계에 놓이게 된 거지? 다른 사람들 탓이야. 만일 우리가 자유로웠더라면, 감시당하지 않았더라면, 우린 틀림없이 보다 침착하고, 피도 미지근하게 끓었을 거야.' 순간 그녀는 그에게서 등을 돌려, 볼디니 그림을 보러 가는 무리에 합류하고 싶었다. 거짓말과 초조함 외에 어떤 미래가 기다리고 있겠는가? 그녀는 앙투안이 건네는 담배를 받아 들며, 다른 손은 성냥을 건네는 그의 손에 올려놓았다. 그 손과의 접촉에 즉시 열기가 느껴졌다. 그녀는 시선을 내리깔았다. 두 번이나. 마치 자신과 비밀스런 합의라도 보듯이.

앙투안이 황급히 말했다.

"내일 올래요? 같은 시간에?"

그는 그녀를 언제 다시 부둥켜안을 수 있을지 정확히 알기 전까지는 일분일초도 휴식할 수 없을 것만 같았다. 그녀가 수긍했다. 앙투안의 의식 속으로 안도감이 밀물처럼 밀려들었다. 그는 이 만남이 실은 그에게 대단치 않은 것은 아니었는지 잠시 의문을 품었다. 불안은 – 분명 질투심보다 더 근원적으로 – 열정의 강력한 가속장치라는 걸 알 정도로 그는 충분히 책을 읽었다. 게다가 그는 스캔들을 일으키기 위해서, 돌이킬 수 없는 일을 저지르기 위해서는, 이 연회장 한복판에서 손을 뻗어 루실을 품에 끌어안기만 하면 그만이라는 걸 확신했다. 이 확신 때문에 그는 손을 뻗어 그녀를 끌어안지 않을 수 있었고, 심지어 그에겐 익숙하지 않은 모호하고 강렬한 기쁨마저 느꼈다. 은폐의 기쁨 말이었다.

"우리 젊은이들이 여기 있었군요? 우리의 다른 친구들은 다들 어떻게 된 거죠?"

클레르 상트레의 낭랑한 음성에 그들은 소스라쳤다. 그녀가 한 손으로 루실의 어깨를 지그시 누르며, 평가하는 시선으로 앙투안을 뚫어져라 바라보았다. 마치 그녀가 루실의 위치에서 루실을 대신할 것이고 그것에 성공했다는 듯이. '여성 간의 찬란한 연대의 한 장면이 펼쳐지겠군.' 루실은 생각했다. 클레르의 태도가 거슬리지 않는다는 것에 스스로도 놀랐다. 앙투안은 미남이었으나, 실은 어색한 동시에 단호한 분위기를 풍겼다. 그는 오랫동안 거짓말을 하기에는 지나치게 부주의하고 허술했다. 그는 글을 읽고, 성큼성큼 걸어 다니고, 섹스하고, 침묵하는데 능한 남자였지, 사교를 위한 남자는 아니었다. 세속적인 관계의 깊은 심연 속에서 벌어지는 모든 시련에 대해 그녀보다 더 탄탄한 잠수복을 걸쳤고, 모든 것에 무심하고 무관심한 그녀보다 더 사교에 형편없었다.

앙투안이 뻣뻣한 어조로 대답했다.

"윌리엄이라는 사람이 주인인 이 집 어딘가에 볼디니 그림이 있다는군요. 디안과 샤를이 그 그림을 감상하고 있을 거예요."

그는 자기가 샤를 블라상스 리니에르를 성이 아닌 이름으로 부른 건 이번이 처음이라고 생각했다. 누군가를 속이고 있으면 왜인지 몰라도, 그에게 일정한 친밀감을 느끼기 마련이었다. 클레르가 탄성을 밀어냈다.

"볼디니라고요? 그렇다면 최근작들일 텐데요! 윌리엄은 그걸 어디서 발견했대요? 난 몰랐어요. (그녀가 자신의 광대한 정보망에 결함이 발견되었을 때 띠는 성난 어조로 덧붙였다) 윌리엄 이 한심한 작자가 또 거저 우려낸 게 분명해요. 산토스를 거치지 않고서 볼디니를 구매할 작자는 미국인뿐이거든요."

한심한 윌리엄의 어리석고 무분별한 짓거리에 얼마간 다시 온화해진 클레르가 루실에게 관심을 기울였다. 어쩌면 이 당돌한 어린애에게 사교계의 원칙을 지키지 않고 침묵하는 것에 대해 대가를 치르게 해줄 시간이었다. 루실은 앙투안에게 눈을 치뜨며 미소를 지었다. 재미있다는 듯한, 차분하고 안심하는 미소였다. '안심하는'은 정말이지 정확한 표현이었다. 여자가 남자와 친밀하지 않을 때 절대 지을 수 없는 표정의 미소.

'그런데 대체 언제, 애들이 언제 그럴 수 있었지?' 클레르의 두뇌가 빠르게 회전하기 시작했다. '가만, 마른에서 저녁 식사를 한 게 사흘 전이었어, 그땐 아니었지. 오후 시간이 분명해. 파리에선 이제 아무도 밤에 섹스하지 않으니까. 모두가 대체로 너무 지쳐 있잖아. 더구나 얘네는 각자 애인이 있고 말이야. 그렇다면 오늘?' 그녀는 코를 치켜들고서 두 눈을 빛내며 두 사람을 바라보았다. 어떤 여자들한테는 호기심에 의해 추동되는 광기 어린 열정으로, 그들에게서 쾌락의 흔적을 찾아내려 애썼다. 이를 알아차린 루실이 무심결에 웃음을 터뜨렸다. 바짝 다가와 있던 클레르의 얼굴이 뒤로 물러났다. 후각이 발달한 포인터의 표정으로 '난 다 알아, 다 이해한다고' 라고 하듯 보다 덤덤하고 온화한 얼굴로 바뀌었으나, 불행히도 두 사람에게 전달되진 않았다.

왜냐하면 앙투안은 루실이 웃는 것에, 그녀가 이튿날 같은 시간에 그의 침대에서 사랑을 나눈 뒤 노곤해진 채로 그에게 왜 웃었는지 설명할 걸 자기가 아는 것에 기뻐하며, 루실을 바라보고 그녀와 함께 허심탄회하게 웃고 있었기 때문이다. 그래서 그는 그녀에게 '왜 웃어요?'라고 묻지 않았다. 많은 은밀한 관계들이 이런 식으로 침묵과, 질문의 부재와, 되짚지 않는 문장과, 작정하고 선택한 평범한 단어, 너무 평범해서 엉뚱해 보이는 단어에 의해 발각된다. 어쨌든 루실과 앙투안의 웃음을, 그 행복한 표정을 처음 보는 누구라도 알아채지 못하는 사람은 없으리라. 그들도 이를 막연하게 짐작했고, 볼디니가 선사한 이 막간의 시간을, 그들이 마음 놓고 서로를 바라보며 설렘을 주고받을 수 있는 이 얼마간의 순간을 어쩌면 오만하게 누렸다. 그들이 부인할 수 없는, 클레르나 다른 이들의 존재가 그들의 기쁨을 배로 증폭시켰다. 그들은 젊어진 기분, 거의 어려진 기분이었다. 금지된 무언가를 저지르고도 아직 처벌받지 않은 아이들이 된 기분이었다.

디안이 손님 무리를 헤치며 돌아왔다. 중간에 그녀의 손을 잡아 손등에 키스하는 상냥한 신사 친구의 손을 곧바로 뿌리치고, 그녀의 건강을 염려하거나 미모를 열광적으로 칭송 해주는 호의 어린 인사에 건성으로 대답하는가 하면, 몇 번인가 그쪽을 빠르게 돌아보면서. 웅성거림 속에서 들려오는 인사는 이런 식이었다. 디안, 잘 지냈어? 얼굴이 좋아졌네, 디안. 아니, 그 기막힌 드레스는 어디서 난 거야, 디안? 그녀는 자신의 연인, 사랑하는 사람이 관심을 갖는 저 여자와 단둘이 함께 있을 수 있도록 내버려두었던 음침하고 저주스런 구석 자리로 가고 있었다. 그녀는 자신을 연회장에서 먼 곳으로 데려간 샤를을 증오했다. 볼디니를 증오했고, 그동안 사들인 컬렉션에 대해 끝도 없는 시들한 이야기를 늘어놓은 윌리엄을 증오했다. 물론 그는 그 그림을 헐값에 구입했다. 그건 유일무이한 기회였고, 이 가련한 장사꾼은 거기서 청신호만을 보았다. 거부들의 이 아무것도 하지 않는 기벽, 오직 거래만을 하는 기벽은 짜증스러웠다. 의상 디자이너한테도 가격을 깎고, 카르티에에서도 할인을 받으며 자랑스러워하는 꼴이라니. 신께 감사하게도 그녀는 이 모든 것에서 벗어났다. 그녀는 다르게 굴 수 있는 수단이 있으면서도 장사꾼들에게 아첨하며 그들을 구슬리는 저 여자들 무리에 속하지 않았다. 이 이야기를 앙투안에게 해주어야 했다. 그가 재밌어할 터였다. 그는 사교계를 재밌어했고, 이 주제만 나왔다 하면 프루스트를 언급했다. 심지어 다른 주제에 관련해서도 프루스트를 들먹였는데 책을 읽을 시간이 많지 않은 디안에게는 다소 성가신 태도였다. 루실은 프루스트를 읽은 듯했다. 얼굴에서 그게 드러났다. 샤를과 함께 지내니 시간이 났으리라는 걸 굳이 밝혀야겠다. 디안은 걸음을 멈추고서, 문득 생각했다. '맙소사, 내가 천박해졌어. 정말 이런 종류의 일에 대해 천박해지지 않고서 늙을 수는 없는 걸까?' 그녀는 고통스러웠다. 코코 드 발릴렌에게 미소를 지어 보이고, 이유는 몰라도 그녀에게 윙크를 보내는 막심에게 화답 윙크를 보내며, 상냥하게 빙긋거리는 열 명 남짓의 장애물을 물리친 끝에, 그녀는 끔찍한 장애물 경주를 완수하고서 저쪽에서 웃고 있는 앙투안에게 닿았다. 그가 나지막하게 웃고 있었고, 디안은 이 웃음을 멈추게 해야 했다. 그녀는 한 발 앞으로 나아갔고 안도하며 두 눈을 감았다. 앙투안은 클레르 상트레와 웃고 있었다. 루실은 그들에게서 등을 돌리고 있었다.

9

"오늘 칵테일 파티는 상당히 어수선하더군. 사람들이 술이 점점 과해져, 그렇지 않소?"

샤를이 말했다.

차가 강변을 따라 천천히 미끄러졌다. 비가 내렸다. 루실은 평소대로 차 밖으로 고개를 내밀어, 떨어지는 빗방울을 맞으며 파리의 냄새를 들이마셨다. 밤이고, 4월이었다. 그녀는 30분 전에 앙투안이 정중하게 작별 인사를 하며 그려 보이던 쫓기는 듯한 표정을 떠올리며 즐거워했다. 그녀가 명랑하게 말했다.

"사람들은 점점 두려운 거예요. 늙는 게 두렵고, 가진 걸 잃을까 봐 두렵고, 원하는 걸 얻지 못할까 봐, 삶이 지루해질까 봐, 자기가 지루한 사람이 될까 봐 두려운 거죠. 늘 불안하고 끝없이 무언가를 갈망하는 상태로 살아가는 거예요."

샤를이 말했다.

"그게 재밌소?"

"때론 재밌고, 때론 짠해요. 당신은요?"

"난 크게 주의를 기울여본 적이 없소. 알다시피 사람들의 심리에 예민하지도 않고. 그저 연회장에서 사람들이 몸을 가누지도 못하고 비틀거린다든가, 알지도 못하는 사람이 나한테 풀썩 몸을 기대오는 경우가 점점 빈번해진다고 느낄 뿐이지."

그는 이렇게 말할 순 없었다. '난 오직 당신한테만 관심이 있거든. 당신에 대해 몇 시간이고 심리분석을 하지. 난 단 한 가지 생각에 갇혀있소. 당신이 말했듯 나 역시 내가 가진 걸 잃을까 봐 두려워, 나 역시 늘 불안하고 끝없이 무언가를 갈망하는 상태라오.'

루실은 고개를 차 안으로 들여놓으며 샤를을 바라보았다. 문득 샤를에게 한없는 애정이 샘솟는 기분이었다. 이렇게까지 그에게 애정을 느껴본 적은 결코 없었다. 그녀는 다음날을 기대하며 느끼는 이 강렬한 행복감을 샤를과 나누고 싶었다.

'지금 밤 10시야. 이제 열일곱 시간만 있으면 앙투안의 품에 안길 수 있어. 내일은 늦게까지 자면, 시간이 더디게 느껴지지 않을 거야.' 그녀는 샤를의 손에 가만히 손을 얹었다. 누렇고 자잘한 반점들이 생기기 시작한, 가느다랗고 정돈이 잘 된 아름다운 손이었다.

"볼디니 그림은 어땠어요?"

'내 기분을 맞추려 하는군. 내가 사업가지만 취향이 고급인 걸 아니까. 그런데 내가 쉰 살이고 상처 입은 짐승처럼 불행하다는 건 알지 못하는군.' 샤를이 씁쓸해하며 대답했다.

"꽤 훌륭했소. 시대도 좋고. 윌리엄이 정말 헐값에 손에 넣었더군."

루실이 웃으며 받아쳤다.

"윌리엄은 늘 죄다 헐값에 구해요."

샤를이 대답했다.

"디안도 그렇게 말했소."

잠시 침묵이 흘렀다. 루실은 생각했다. '디안이나 앙투안 얘기만 나왔다 하면 거북해져서 이렇게 말문이 막히면 안 되는데. 바보 같으니라고. 샤를에게 진실을 말할 수만 있다면 얼마나 좋을까. 난 앙투안이 좋아요, 그와 함께 웃고 싶고 그의 품에 안기고 싶다고요. 이렇게. 하지만 날 사랑하는 사람한테 어떻게 그런 최악의 말을 할 수 있겠어? 샤를은 아마 내가 앙투안과 자는 건 참아도 함께 웃는 건 절대 참을 수 없어 할 거야. 당연해, 질투하는 이에게 웃음보다 더 끔찍한 건 없으니까.'

그녀는 말했다.

"디안 상태가 좀 이상했어요. 디안이 연회장으로 돌아왔을 때 난 앙투안과 클레르랑 얘기 중이었거든요. 우리한테 넋이 나간 굳은 얼굴로 다가오는데… 걱정스럽더라고요."

루실은 웃으려고 애썼다. 샤를이 그녀를 돌아보았다.

"걱정스러웠다? 측은했다는 뜻이오?"

루실이 차분한 목소리로 대답했다.

"네, 측은하기도 했어요. 여자한테 늙는다는 건 즐겁지 않은 일이니까요."

  샤를이 밝은 어조로 말했다.

"그건 남자한테도 마찬가지요. 내가 보장해요."

  그들은 거짓임이 명백한 웃음을 터트렸고, 이내 오싹한 기분을 느꼈다. 루실은 생각했다. '그래, 이런 식이 될 거야. 주제를 피하고 농담을 하면서 그의 뜻대로 흘러가겠지. 난 내일 오후 5시엔 앙투안에게 안겨있을 거고.'

  모진 걸 싫어하는 그녀는 자신이 모질어질 수 있다는 걸 발견한 것에 반가움을 느꼈다.

  왜냐하면 그 어느 것도, 누구도, 어떤 애원으로도 그녀가 이튿날 앙투안을 만나는 걸, 앙투안의 육체와 숨결과 목소리를 되찾는 걸 막을 수 없을 것이기 때문이었다. 그녀는 그걸 알았고, 평소 모든 계획이 늘 기분이나 날씨에 따라 유동적이었던 그녀였던 만큼, 이 집요한 욕망이 좀 전에 앙투안과 시선이 마주쳤을 때 느꼈던 날뛸 듯한 기쁨보다 더 크다는 것에 스스로도 놀랐다. 그녀가 스무 살에 겪었던 유일한 열정은 불행으로 끝났다. 그 사랑은 종교에 대해 느끼는 것과 상당히 흡사한, 경외심과 슬픔이 기묘하게 혼합된 기억으로 간직되어있었다. 무언가 어긋나버린 기분이라고 할까. 그랬는데 별안간 힘센 사랑 - 그와 동시에 행복한 사랑 - 을 발견했고, 자신의 존재가 오직 한 존재로 한정되기는커녕 무한해지고 채우기 불가능해지고 열광적인 존재로 변하는 기분이었다. 하루하루를 태평하게 지표 없이 흘려보냈던 그녀는 이제 생이 얼마 남지 않은 것에 초조해했다. 앙투안을 사랑할 시간은 결코 충분하지 않을 터였다.

"그건 그렇고, 루실, 내가 곧 뉴욕에 가야 하는데, 같이 가겠소?"

샤를의 목소리는 차분했다. 거기엔 당연한 수락마저 암시되어 있었다. 루실은 여행을 좋아했고 그도 이 사실을 알았다. 그녀는 선뜻 대답하지 못하다가 물었다.

"안 될 게 뭐예요? 오래 머무르나요?"

그녀는 생각했다. '절대로 안 돼, 그럴 수 없어. 앙투안 없이 열흘 동안 뭘 할까? 샤를은 이걸 지금 알려주다니, 항상 너무 이르거나 너무 늦어. 어쨌든 너무 잔인해. 세상의 어떤 도시도 앙투안의 방과 바꾸지 않을 거야. 다른 여행, 다른 발견은 필요 없어, 어둠 속에서 우리가 함께하는 것 외에는.' 문득 그와 나눈 사랑의 구체적인 기억이 떠올랐다. 그녀는 차창으로 고개를 돌려 거리를 바라 보았다.

샤를이 대답했다.

"열흘에서 보름. 뉴욕은 봄에 매력적이지. 당신은 한겨울에만 가봤잖소. 어느 호되게 추웠던 날 밤에, 당신 코가 푸르뎅뎅해졌던 기억이 나는군. 분노로 눈은 휘둥그레지고 머리칼은 일어서고. 추위가 마치 내 탓이라도 되는 양 날 노려봤잖소."

그가 너털웃음을 터트렸다. 목소리는 다정하고 아련했다. 루실은 혹독했던 그 겨울의 한파를 떠올렸으나 어떤 애틋한 추억도 간직하고 있지 않았다. 오직 호텔과 식당 사이를 정신없이 달리던 택시의 여정뿐. 우수에 젖든 찬란하든, 추억에 잠기는 건 샤를이었다. 늘 샤를이 추억을 간직했다. 순간 루실은 부끄러워졌다. 그녀는 감정적으로도 샤를에게 얹혀살고 있었고, 이 부분이 다른 무엇보다 곤혹스러웠다. 그에게 고통을 주고 싶지 않았다. 그에게 거짓말을 하고 싶지도 않았고, 진실을 말하고 싶지도 않았다. 단지 그녀가 설명할 필요도 없이 그가 짐작할 수 있게 하고 싶었다. 그렇다, 그녀는 정말이지 철저하게 비겁했다.

루실과 앙투안은 일주일에 두세 번 만났다. 앙투안은 사무실에서 빠져나오기 위한 핑계를 생각하느라 엄청난 상상력을 발휘했고, 루실은 애초에 샤를에게 자신의 일과에 대해 말했던 적이 없었다. 그들은 늘 똑같은 작은 방에서 설레며 만났고, 어둠 속으로 빠져들었고, 말을 나눌 시간도 거의 없었다. 그들은 서로에 대해 전혀 알지 못했으나, 그들의 육체는 한없는 열광과 경애로 서로를 알아보았다. 그 감정은 기억력이 순간의 격렬함에 의해 증발해버리는 절대적인 감정이어서, 헤어진 뒤에도 구체적인 기억을, 가령 어둠 속에서 속삭였던 말 하나, 또는 동작 하나를 절망적으로 더듬어보려 해도 허사인, 그런 절대적인 감정이었다. 그들은 거의 넋이 나가서 몽유병 환자들처럼 헤어졌다가, 그로부터 채 두 시간이 못 되어 그것만이 유일한 생존 요소, 유일한 현실이라는 듯 오로지 다시 만날 순간만을 기다렸다. 나머지는 전부 의미 없었다. 오직 이 기다림만이 그들을 흐르는 시간 속에서, 시절 속에서, 다른 것들 속에서, 기다림 때문에 장애물이 되어버린 그 모든 것들 속에서 그들을 지탱해주었다. 루실은 앙투안을 만나러 가기 전에 여섯 번이나 핸드백 속에서 차 열쇠를 확인했고, 앙투안의 집까지 가는 길을 열 번이나 복기했으며, 평생토록 거만하게 방치했던 자명종을 열 번이나 곁눈질했다. 앙투안은 비서에게 오후 4시에 약속이 있다는 걸 열 번이나 알렸고, 집까지 도보로 2분 남짓 걸리는 거리에도 불구하고 4시 15분 전에 사무실을 나섰다. 그들은 매번 다소 겁에 질린 얼굴로 집에 도착했다. 그녀는 행여 교통체증에서 벗어나지 못할까 봐, 그는 그를 붙잡고 늘어질 출판사 협력 작가를 맞닥뜨릴까 봐 두려웠기 때문이다. 그들은 절체절명의 위기를 모면한 사람들처럼 한숨을 내쉬며 서로를 부둥켜안았다. 그 위기란 최악의 경우 5분 늦는 것이었다.

그들은 쾌락 속에서 "사랑해"라는 말을 주고받았으나, 다른 식으로는 절대 아니었다. 때로 앙투안이 루실에게 몸을 기울이면 그녀는 호흡을 가다듬으며 두 눈을 감았다. 그가 그녀의 얼굴과 어깨를 손으로 따라 그리며 다정한 목소리로 "있잖아, 네가 좋아"라고 말하면, 그녀는 미소를 짓곤 했다. 그러면 그는 그녀의 미소에 대해 이야기했다. 그녀가 다른 남자에게 동공을 확장하며 그려 보이는 그 미소가 얼마나 거슬리는지를.

"네 미소는 너무 해맑거든. 심히 걱정스러워."

"내 생각은 달라. 그건 사람을 친절하게 대하는 방식이야. 난 해맑다기보다는 멍해 보일 거야."

"무슨 생각을 하는지 도무지 모르겠는 얼굴이긴 해. 넌 저녁 식사 모임에선 늘 비밀이나 나쁜 기억을 곱씹는 표정이거든."

"맞아, 비밀에 대해 생각하는 거야, 앙투안⋯."

그녀는 앙투안의 머리를 자신의 어깨에 기대게 하며 속삭였다.

"너무 깊이 생각하지 마, 앙투안, 우리 지금 이대로 좋잖아."

그는 입을 다물었다. 요즘 끊임없이 그를 사로잡는 생각, 그와 똑같이 자는 척하는 디안 옆에서 긴긴 밤 동안 그를 깨어있게 하는 생각에 대해 감히 말하지 못했다. '이렇게 지속될 순 없어, 이렇게 지속될 순 없다고, 왜 루실이 내 옆에 있지 않은 거지?' 그는 모든 문제를 부정할 수 있는 루실의 능력과 태평함이 불편했다. 그녀는 샤를은 물론 미래의 모든 계획에 대해 말하기를 거부했다. 혹시 실리를 위해 샤를 블라상스 리니에르에게 집착하는 것일까? 하지만 그녀는 더없이 자유로워 보였고, 대화가 돈과 관련하여 흐르면 그 즉시 너무도 자연스럽게 빠져나갔기에(돈이 많은 사람들이 누구보다 돈 얘기를 자주 화제에 올린다는 건 주지의 사실이다) 그는 어떤 경우에도 그녀가 계산적으로 행동한다는 생각은 꿈에도 하지 못했다. 그녀는 그에게 말하곤 했다. "난 취향이 전혀 까다롭지 않아", "난 소유 본능이라면 질색이야", "네가 그리웠어" 그에겐 이 모든 것이 양립되지 않았다. 그는 무언가 사건이 터지기를, 그들이 들키기를, 운명이 자신 대신에 남자 역할을 하기를 막연하게 기다렸고, 그런 자신을 경멸했다.

앙투안은 자신이 무심한 성격에 여자를 좋아하긴 하지만, 도덕적이라는 걸 알았다. 그는 루실 이전에는 여자에게 이렇게까지 욕망을 품어본 적이 결코 없었다. 물론 숱한 열정적인 관계들이 있었다. 이제 그 관계들은 그의 자책 속에 전부 무의미한 것으로, 사라와의 관계는 비극적 사랑 이야기로 변모되었다. 그는 또한 자신이 내적 갈등에 빠지기 쉬운 성격이라는 걸 알았다. 실제로 그는 행복보다 불행에 소질이 있었고, 루실을 보면 그저 놀랍기만 했다. 그는 그녀가 10년 전에 오직 한 번의 사랑을 했고, 그것마저 잊었다는 걸 이해할 수 없었다. 그녀는 그들의 열정을 기대하지 않았던, 뜻밖의 위태위태하고 환상적인 선물로 간주했다. 그래서 거의 미신적인 믿음으로 다음 단계를 계획하려 들지 않았다. 그녀는 그를 기다리기를 좋아했고, 그를 그리워하기를 좋아했다. 그와 떳떳하게 함께 살기를 좋아하는 것처럼 숨는 것도 좋아했다. 매 순간의 행복으로 충분해했다. 혹여 그녀가 두 달 전부터 상투적인 사랑 노래에 감동하는 자신에게 문득문득 놀라는 일이 있다 해도, 사랑 노래의 대략적인 주제인 '독점욕'이나 사랑의 '영원성' 따위엔 전혀 동조하지 않았다. 그녀의 유일한 도덕은 자신에게 거짓말하지 않는 것인 바, 의도치 않았으나 뿌리 깊은 냉소주의에 필연적으로 길들여졌기 때문이다. 마치 자신의 감정을 분별할 수 있다면 자연히 이 냉소주의에 이르게 되고, 사기꾼들이나 허언증 환자들만이 평생토록 너저분한 낭만주의에 빠져 지낼 수 있다는 듯이.

그녀는 앙투안을 사랑했으나, 샤를에게 애착이 있었다. 앙투안은 그녀를 행복하게 만들었고, 그녀는 샤를을 불행하게 만들지 않았다. 두 남자를 평가하면서 그녀는 정작 자신에게는 - 그 둘 사이에 걸쳐있는 자신을 경멸할 만큼 - 충분한 관심을 갖지 않았다. 이 충족감의 철저한 결여가 그녀를 잔인하게 만들었다. 간단히 말해서 그녀는 행복했다.

루실이 자신도 고통스러울 수 있다는 걸 발견한 건 순전히 우연이었다.

그녀가 앙투안을 못 만난 지 사흘째였다. 빠리의 의례들로 인해 갖가지 연극 공연이나 저녁 모임에서 그들의 동선이 엇갈렸다. 그녀는 앙투안과 오후 4시에 만나기로 되어있었고, 제시간에 그의 집에 도착했으나 문을 열어주는 그가 없는 것에 놀랐다. 그녀는 처음으로, 그가 주었던 열쇠를 사용했다. 방이 비어있고 덧문은 열려있었다. 그녀는 잠시 방을 착각했다고 생각했다. 그녀가 왔던 방은 늘 어두침침했기 때문이다. 앙투안은 방바닥에 놓인, 침대와 천장의 한 면만을 비추는 빨간색 전등만을 켜두곤 했다. 그녀는 재미있어하며 자신이 매우 잘 아는 동시에 잘 모르는 이 방안을 휘 둘러보았다. 선반에 놓인 책들의 제목을 훑는가 하면, 바닥에 떨어진 넥타이를 주워놓고, 이전엔 결코 보지 못했던 익살맞고 매력적인 1900년대 그림을 찬찬히 뜯어보았다. 그녀는 처음으로 연인을 젊은 독신자로, 간헐적으로 일중독자가 되고 검소한 편인 노동자로 바라보았다.

앙투안은 누구일까? 어디 출신이고 부모님은 어떤 사람들일까? 어떤 유년 시절을 보냈을까? 그녀는 침대에 앉았다가 문득 거북해져서 벌떡 일어나 창가로 갔다. 모르는 사람의 집에 와서 무례를 범한 기분이었다. 무엇보다 처음으로, 그녀는 앙투안이 '타인'이고, 그의 손이며 입술이며 눈이며 육체에 대해 그녀가 모든 것을 알고 있다고 해서 꼭 그와 굳게 맺어진 공모자가 되는 건 아니라고 생각했다. 그는 어디 있는 것일까? 4시 15분이었다. 루실은 사흘째 그를 만나지 못했고, 전화벨은 울리지 않았다. 그녀는 슬픈 방 안에서 문과 창문 사이를 서성거렸다. 아무 책이나 집어 들어 읽었으나 이해하지 못하고 내려놓았다. 시간이 흘렀다. 올 수 없다면 전화라도 할 수 있었으리라. 그녀는 전화가 고장이기를 바라며 수화기를 집어 들었으나 아무 이상 없었다. 혹여 그가 오고 싶지 않은 거라면? 이 생각이 그녀를 방 한가운데서 얼어붙게 만들었다. 마치 판화 속에 새겨진, 총 맞은 군인들이 복잡한 표정으로 미동도 없는 장면처럼.

즉시 머릿속에서 기억의 소용돌이가 풀려나왔다. 그녀가 나무랐던 앙투안의 어떤 시선, 그 권태. 언젠가 그에게 그를 괴롭히는 것이 무어냐고 물었을 때 대답하기를 주저하던 그 태도, 그 머뭇거림의 원인은 그녀가 생각했듯 그녀를 기분 상하게 할까 봐 두려워서가 아니라, 진실, 그러니까 그녀를 더 이상 사랑하지 않는다고 고백함으로써, 그녀를 고통스럽게 할까 봐 두려워서였던 것이었다. 루실은 순식간에 앙투안의 열 가지도 넘는 미심쩍은 태도를 떠올렸고, 그 모든 것을 무심함의 증거로 간주했다. 그녀는 혼잣말을 했다. "그래, 그러네, 그는 날 더 이상 사랑하지 않아."

그녀는 이 말을 담담하게 읊조렸으나, 곧이어 이 단순한 말이 공격적으로 돌변하며 그녀에게 날쌘 채찍질을 가했다. 그녀는 방어라도 하듯 손을 목으로 가져갔다.

"앙투안이 더는 날 사랑하지 않으면 난 어떡하지?"

삶에서 피와 열기와 웃음이 빠져나간 것처럼 느껴졌다. 앙투안의 다소 불건전한 감탄을 이끌어냈던 「파리 마치」최근 호의, 재로 뒤덮인 페루의 석회질 벌판 사진처럼.

그녀는 내면의 지진에 떨며 멀거니 선 채로 꼼짝도 하지 않았다. 지진이 하도 거세어서 스스로를 달래야만 했다. 그녀는 소리를 높여 말했다. "자, 자, 진정해." 그녀는 놀란 두 마리 말을 달래듯 자신의 육체와 마음에게 말하고는, 이제 침대에 누워 천천히 숨을 내쉬려고 했다. 소용없었다. 일종의 공포와 절망으로 목이 옥죄어들었다. 그녀는 몸을 웅크리고 양손으로 어깨를 감싸며 베개에 얼굴을 묻었다. 자신의 신음 소리가 들렸다.

"앙투안, 앙투안…"

이 참을 수 없는 고통과 동시에 경악이 그녀를 휘감았다. 그녀는 생각했다. '너 미쳤구나, 미쳤어.' 하지만 그녀 안의 누군가가 더 큰 소리로 외쳤다. '그럼 앙투안의 황금색 눈은, 앙투안의 목소리는 어쩔 건데, 앙투안 없이 뭘 할 수 있는데, 바보.' 성당에서 5시를 알리는 종소리가 울렸다. 루실에게는 실성해버린 잔인한 신이 그녀 들으란 듯 종의 줄을 당긴 것처럼 느껴졌다. 잠시 후, 앙투안이 들어왔다. 그는 루실의 표정을 보며 일순 멈칫했다가 침대에 있는 그녀 곁으로 달려왔다. 이유는 몰랐으나 그는 행복에 겨웠고, 그녀의 얼굴이며 머리칼을 부드러운 키스로 뒤덮은 뒤에 자초지종을 털어놓으며 그를 한 시간이나 사무실에 붙들어놓은 편집자를 욕했다. 그녀는 그에게 매달려 여전히 희미한 목소리로 그의 이름을 웅얼거리다가, 별안간 몸을 일으키더니 침대에 앉아 그를 돌아보고 말했다.

"있잖아, 앙투안, 난 널 영원히 사랑해."

그가 대답했다.

"마침 잘됐네, 나도 그렇거든."

그들은 명상적인 침묵 속에서 서로를 응시했다. 이윽고 루실이 체념한 듯 '풋' 웃더니 그를 향해 몸을 돌리고는, 자신이 좋아하는 얼굴이 자신의 얼굴을 향해 다가오는 것을 진지하게 바라보았다.

10

두 시간 뒤, 루실은 앙투안을 떠나며 좀 전의 일은 우연한 사고라 생각했다. 절정의 사랑으로 기진하고 머리는 멍한 채로 그녀는 그가 도착하기 전에 겪었던 30분 남짓 이어진 공황의 기원이 감정적이기보다는 신경적인 문제라고 생각했다. 잠을 더 자고 술을 덜 마셔야겠다는 등등의 결심이 들었다. 그녀는 혼자 사는 것에 철저히 익숙했지만, 무언가나 누군가가 그녀의 존재에 필수적일 수 있다는 걸 선선히 인정했다. 이것은 그녀에게는 바람직하다기보다는 끔찍하게 느껴졌다. 차가 강변을 따라 미끄러졌다. 그녀는 기계적으로 운전하면서, 봄날의 아름다운 초저녁 빛에 황금빛으로 물든 센 강의 정경에 감탄했다. 그녀의 얼굴에 어렴풋한 미소가 어렸다. 무엇이 문제란 말인가? 그녀 나이에, 이 같은 삶이. 아무튼 그녀는 보호받는 여자, 시니컬한 여자였다. 그렇게 생각하자, 웃음이 터져 나왔다. 오토바이 한 대가 그녀 곁에 와 서더니 운전자가 그녀에게 미소 지었다. 그녀는 건성으로 웃음을 되돌려주며 상념을 이어 갔다. 그래, 나는 누구지? 이제껏 그녀는 자신이 다른 사람들의 눈에 어떻게 비치는지에 전혀 무관심했다. 자신을 돌아보지 않았다. 그것이 잘못일까? 지적 수준이 저하된 신호일까?

그녀가 좀 더 젊었을 때는, 자신이 행복하다는 걸 발견하기 전에는, 책을 엄청나게 읽었다. 또한 잘 먹고 잘 입은 이 동물, 모든 복잡한 걸 피하는 데 매우 기민한 이런 동물이 되기 전에는 스스로에게 많은 질문을 던졌다. 나는 어디로 가는 것일까? 무얼 하는 것일까? 기이한 형태로 뻗은 손금 덕택에 그녀는 자신이 젊어서 죽으리라는 걸 태평하게 받아들였고 심지어 기대까지 했다. 만일 늙게 된다면? 그녀는 샤를에게 버려진 채 늙고 가난해져서 무의미한 직업으로 힘겨운 노동을 잇고 있는 자신을 상상하려 애썼다. 딜컥 겁을 집어먹으려 해보았다. 하지만 성공하지 못했다. 그 순간에 무슨 일이 있다고 해도 센 강은 그랑 팔레 건물 옆에서 황금빛으로 반짝일 것이고 그것이 가장 중요한 것이리라 여겨졌다. 그녀가 살아가는 데는 이 부르릉거리는 차도, 기 라로슈(Guy Laroche) 외투도 필요 없었다. 그녀는 그것을 확신했다. 샤를 또한 그것을 확신했고, 그것에 불행해했다. 그녀는 앙투안과 헤어져 돌아올 때마다 샤를 블라상스 리니에르에게 깊은 애정을 느꼈고 그를 행복하게 해주고 싶다는 열망에 휩싸였다.

루실은, 귀가했을 때 집 안에 그녀가 있는 것에 익숙해진 샤를이 그녀가 세 시간 전에 그랬던 것처럼 방 안을 성큼성큼 서성이며 그녀와 똑같은 의혹에 사로잡히는 걸 알지 못했다. '루실이 다시는 돌아오지 않는다면?' 그녀는 그것을 평소에도 알지 못했고, 이날도 알지 못했다. 왜냐하면 그녀가 집에 도착했을 때는 그가 침대에 누워 차분하게 「르몽드」 지를 읽고 있었기 때문이다. 그는 그녀의 차 소리를 바로 알아차릴 정도로 잘 알았다. 그가 덤덤한 목소리로 "오늘 하루도 잘 보냈어?"라고 물었고, 그녀는 그에게 다정하게 키스했다. 그에게서 그녀가 좋아하는 오드 콜로뉴의 향이 풍겼다. 그녀는 앙투안에게도 같은 걸 사줘야겠다고 생각했다.

"잘 보냈어요. 무서웠어요…"

그녀는 문득 말을 멈췄다. 샤를에게 모든 걸 털어놓고 싶었다. '무서웠어요, 앙투안을 잃을까 봐. 그를 사랑해서 무서웠어요.' 하지만 그럴 수 없었다. 이 오묘한 오후에 대해 아무에게도 이야기할 수 없었다. 그녀는 고백에 취미가 있어본 적이 없었고, 그것이 조금은 서글펐다. 그녀는 어물쩍 덧붙였다.

"… 내가 어긋난 게 아닌지 해서요."

"어긋나? 뭐에 말이오?"

"삶에요. 남들이 삶이라 부르는 것에요. 샤를, 그러니까 인간은 정말로 사랑해야 하는 걸까요, 불행한 열정을 가져야 하는 걸까요? 존재하기 위해 일하고, 돈을 벌고, 무언가를 해야 하는 걸까요?"

샤를이 대답하며 눈을 내리깔았다.

"필수적이진 않소. 당신이 행복하기만 하다면."

"당신 눈엔 그걸로 충분해 보여요?"

"다분히."

샤를이 대답했다. 그의 목소리에 무언가 야릇한 억양이, 향수에 젖은 나머지 멀리 있는 듯 아련한 억양이 섞여들었다. 루실은 마음이 갈라졌다.

그녀는 침대에 앉아 손을 내밀어 그의 피로한 얼굴을 어루만졌다. 샤를이 눈을 감으며 희미하게 미소 지었다. 그녀는 선해진 기분이었고, 그를 이해하고 행복하게 만들어줄 수 있을 것 같은 기분이었다. 하지만 이런 선한 감정이 드는 것은 앙투안이 오늘 오후에 나타났기 때문이고, 만일 그가 오지 않았더라면 자신이 샤를을 미워했으리라는 생각은 미처 하지 못했다. 우리는 행복할 때 다른 이들을 기꺼이 자신의 행복의 조력자로 간주한다. 다른 이들이 의미 없는 참관자에 불과했음을 깨달을 때는 오직 우리가 더는 행복하지 않을 때다.

그녀는 물었다.

"오늘 밤엔 뭘 하죠?"

샤를이 대답했다.

"디안 집에서 저녁 식사가 있잖소. 잊은 거요?"

믿기지 않는 동시에 반가운 목소리였다. 그녀는 즉시 이유를 알아차렸고 얼굴을 붉혔다. 그에게 "네"라고 대답하면서 그녀는 진실을 말하는 동시에 그를 착각하게 만들 터였다. 아무튼 이렇게 말할 수는 없었다. '저녁 식사는 잊었지만 앙투안을 잊은 건 아니에요. 앙투안 집에서 오는 길이거든요. 둘 다 어찌나 정신이 없었던지 그만 내일로 약속을 잡았어요.'

루실은 대답했다.

"안 잊었어요. 다만 장소가 디안의 집인 건 몰랐죠. 오늘 밤에 어떤 원피스를 입을까요?"

그녀는 몇 시간 뒤 앙투안을 다시 만나는 것이 썩 달갑지 않은 것에 놀랐다. 오히려 살짝 꺼려지기까지 했다. 그들은 오늘 오후에 감정적으로 일종의 절정에 이르렀다. 이 표현이 감정에도 적용될 수 있다는 전제하에 그녀는 이미 '잔이 가득 찬' 기분이었다. 저녁은 샤를과 조용히 들고 싶었다. 그녀는 이런 의중을 말하려다가 입을 다물었다. 그러면 그가 지나치게 기뻐할 것이고 그것은 기만적인 기쁨이 되리라. 그에게 거짓말하고 싶지 않았다.

"무슨 말을 하려던 거요?"

"잊어버렸어요."

"오늘따라 생각이 딴 데 가 있으니 평소보다 더 부주의해 보이는군."

그녀는 실실거리기 시작했다.

"내가 대체로 부주의해 보이나요?"

"물론. 가령 난 절대 당신을 혼자 여행하게 둘 수 없을 거요. 그럼 아마 당신은 여드레 후에 공항 대합실에서 문고본들에 둘러싸인 채 발견되어 온갖 바텐더들의 살아온 얘기들을 줄줄이 꿰고 있을걸."

그가 거의 수심 어린 표정으로 이 가능성에 대해 얘기하자 그녀기 웃음을 터뜨렸다. 그는 정말이지 그녀가 혼자서 삶을 헤쳐 나갈 수 없으리라 여겼고, 그 순간 그녀는 바로 그 때문에 자신이 그에게 안전감 이상의 애착을 느낀다는 걸 깨달았다. 그는 그녀의 무책임을 받아들였다. 15년 전 그녀의 무의식적 선택, 영원히 청소년기에 머물겠다는 그 결정을 인정해주었다. 똑같은 결정에 앙투안은 틀림없이 분노하리라. 어쩌면 그녀가 되고 싶은 사람과 샤를이 바라보는 사람 사이의 완벽한 일치가 그 모든 열정보다 더 강력하고, 그녀에게 그 모든 열정을 부인하게 하는 것은 아닐까.

샤를이 권유했다.

"시간이 될 때까지 위스키 한 잔씩 합시다. 피곤해 죽겠소."

"폴린이 내가 술 마시는 걸 원치 않아요. 당신이 더블로 달라고 하면, 내가 당신 걸 조금 나눠 마실게요."

샤를이 미소 지으며 호출 벨을 울렸다. 루실은 생각했다. '의도치 않게 어린애처럼 굴기 시작했어. 머지않아 침대에 동물 털인형들이 굴러다니는 건 아닌지 몰라.' 그녀는 기지개를 켜며 자신의 방으로 건너가 침대를 바라보며, 언젠가는 앙투안 곁에서 눈을 뜰 수 있을는지 자문했다.

11

캉봉 가에 위치한 디안의 아파트는 생화들에 파묻혀, 대단히 아름다웠다. 날씨가 매우 포근해서 전면 창들까지 열어두었음에도, 연회장 양 구석에 위치한 두 개의 커다란 벽난로에서 불이 활활 타오르고 있었다. 루실로서는 먼지 날리는 덥고 축 늘어지는 여름을 이미 예고하는 거리의 냄새를 들이마시는 것도, 샤를이 데려간 불로뉴 숲의 사냥과 떼려야 뗄 수 없는 가혹했던 지난가을을 상기시키는 불타는 장작 냄새를 들이마시는 것도 반가웠다.

루실은 디안에게 말했다.

"하룻저녁에 두 계절을 다 느낄 수 있다니 정말 환상적이네요."

디안이 대답했다.

"그래요, 하지만 줄곧 옷을 잘못 입은 기분이 들긴 하죠."

루실은 빙긋 웃었다. 얌전하고 친화력 있는 웃음이었다. 그녀의 태도엔 어떤 불편한 기색도 없었다. 디안은 혹여 자신의 질투심이 어리석은 건 아닌지 자문했다. 사실 루실은 예의 바르게 행동했다. 물론 앙투안과 비슷하게, 열외인 것처럼 건성인 태도는 있었으나, 어쩌면 그 둘 사이에 그 밖의 다른 공통

점은 없을 수도 있었다. 샤를 블라상스 리니에르는 더할 수 없이 느긋한 표정이었고, 앙투안도 저토록 기분 좋아 보였던 적이 없었다. 분명 그녀가 오해한 것이리라. 그녀는 루실에게 호의를, 거의 감사를 느꼈고 이를 표현했다.

"오세요, 아파트의 다른 곳들도 구경시켜드릴게요. 이런 거 재밌으시죠?"

루실은 이탈리아 타일을 두른 욕실을 진지하게 뜯어본 뒤, 옷방의 설비에 소리 높여 감탄하면서 디안을 따라 침실로 들어갔다. 디안이 말했다.

"다소 어질러지긴 했어요. 그 부분은 신경 쓰지 마세요."

뒤늦게 도착한 앙투안이 그녀의 집에서 옷을 갈아입은 터였다. 그가 오후에 걸쳤던 셔츠며 넥타이가 방바닥에 널려있었다. 디안이 루실을 힐끔 보았다. 루실의 얼굴에서는 가정교육을 잘 받은 사람이 단순히 지을 법한 가벼운 난처함만이 읽혔다. 하지만 무언가가, 수치스럽지만 억제할 수 없는 무언가가 디안을 행동하게 했다. 그녀는 옷가지를 주워 모아 소파에 올려놓은 뒤 루실을 돌아보았다. 루실은 꼼짝도 하지 않은 채 공감하는 엷은 미소를 지어 보였다.

"남자들이란 어찌 이리 지저분한지…"

디안이 루실을 똑바로 쳐다보았다. 루실은 상냥하게 말했다.

"샤를은 엄청나게 정돈을 잘해요."

그녀는 웃고 싶었다. '설마, 이젠 앙투안이 절대 치약 뚜껑을 닫는 법이 없다는 푸념까지 늘어놓으려는 건 아니겠지?' 그녀는 어떤 질투심도 느끼지 않았다. 넥타이는 그녀에게 피라미드 밑에서 기적적으로 만난 옛 중학교 동창처럼 느껴졌다고 할까. 동시에 그녀는 디안이 대단히 아름다우며, 저런 여자를 놔두고 자기를 만나는 앙투안이 정말이지 신기하다고 생각했다. 그녀는 좀 많이 마실 때면 늘 그렇듯이, 자신을 객관적이고 통찰력 있으며 너그럽다고 느꼈다.

디안이 말했다.

"이제 연회장으로 되돌아가야겠어요. 왜 난 가끔씩 연회를 열어야 한다는 의무감을 느끼는 건지 모르겠어요. 집주인으로선 정말 진이 빠지는 일인데. 사람들이 그만큼 즐거워하는지도 잘 모르겠고요."

루실은 단언했다.

"오늘 밤은 정말 즐거운 분위기예요. 클레르가 약간 언짢은 기색이잖아요. 그건 언제나 좋은 신호죠."

디안이 웃었다.

"그걸 눈치 챘어요? 난 당신이 그럴 줄 몰랐어요. 당신은 늘 약간… 부주… 음…."

루실이 대신 말했다.

"부주의해 보인다고요."

"정확해요."

"안 그래도 7시에 샤를한테 똑같은 말을 들었어요. 이러다 스스로도 정말 그런 줄로 믿겠어요."

두 여자는 동시에 깔깔거렸다. 루실은 문득 디안에게 얼마간의 애정을 느꼈다. 이 좁은 바닥에서 그녀는 분명 도덕적으로 어느 정도 품위를 지닌 보기 드문 여자 중 하나였다. 루실은 그녀의 입에서 어떤 천박한 말이나 무례한 말도 들어본 적 없었다. 샤를도 디안에 대해 호의적으로 이야기했다. 그는 몇몇 형태의 저속함에 대해서는 알려진 것 이상으로 지나치게 따지고 들었다. 디안이 여자 친구를 만들지 못하는 건 안타까운 일이었다. 어쩌면 언젠가 디안이 정말로 현명해진다면 모든 상황이 나아지리라. 이 물색없는 낙관이 루실에게는 지혜의 신호로 느껴졌고, 앙투안이 등장함으로써 그녀가 디안에게 재앙이 될 수밖에 없을 이야기를 늘어놓는 걸 저지했다.

앙투안이 말했다.

"데스트레가 당신을 여기저기서 찾고 있어요. 화가 무척 났어요."

그는 당황하며 디안과 루실을 차례로 살폈다.

명백하게 쾌활한 루실의 태도에 안심한 디안은 생각했다.

'내가 질투에 눈이 멀어 증거라도 찾는 줄 아나보군. 불쌍한 앙투안….'

"우린 아무 일도 없었어요. 그저 내가 루실에게 아파트를 구경시켜주고 있었지. 루실은 이 아파트를 잘 모르니까."

루실은 앙투안의 어리둥절한 표정을 재밌어하며 디안과 함께 웃기 시작했다. 두 여자는 공모자의 표정이었다. 남성적 분노가 앙투안을 사로잡았다. '세상에, 한 여자 품에서 나온 지 얼마 안 돼 이번엔 다른 여자와 함께 잠들게 생겼으니. 두 여자가 쌍으로 날 놀리는군. 너무하네.'

그는 말했다.

"내가 뭘 그렇게 재미있는 말을 한 거죠?"

디안이 대답했다.

"아무것도. 그저 자기가 데스트레가 기분 상해하는 것에 과민하게 걱정하는 것 같았을 뿐이에요. 우리 모두 알다시피 데스트레는 노상 화를 내는 사람인걸. 그래서 웃은 거예요. 그게 다예요."

디안은 앙투안에게 경멸하듯, 그리고 화가 난 듯 미간을 찡그려 보이고는 루실 앞을 지나쳤고, 루실도 그녀를 따라갔다. 그는 순간 멈칫했다가 미소를 지었다. 루실은 두 시간 전에 이렇게 말했었다. "널 영원히 사랑해" 그는 그 말을 하던 그녀의 목소리를 떠올렸다.

  연회장으로 돌아온 루실은 조니와 눈이 마주쳤고, 지루해하던 조니는 기회를 놓치지 않고 그녀에게 달려와 손에 술잔을 쥐어주며 창문가로 이끌었다. 그가 말했다.
  "난 당신이 너무 좋아요, 루실. 당신과 함께 있으면 적어도 조용히 쉴 수 있거든요. 당신은 최근에 공연된 연극은 이렇다느니, 초대받은 손님들의 품행은 저렇다느니 하며 떠들진 않을 거잖아요."
  "당신은 날 볼 때마다 그런 말씀을 하시네요."
  조니가 느닷없이 말했다.
  "조심해요. 당신은 당돌하도록 행복해 보이니까."
  루실은 마치 행복이 벗는 걸 잊어버린 가면이라도 되는 양 무심결에 얼굴로 손을 가져갔다. 아닌 게 아니라 바로 이날, 그녀는 누군가에게 "사랑해"라고 말했고, 그 누군가는 "나도 그래"라고 대답했다. 그게 그토록 훤히 보인단 말인가? 그녀는 별안간 좌중의 표적이 된 기분이었다. 모든 시선이 그녀에게 향하는 것처럼 느껴졌다. 그녀는 얼굴을 붉히며 조니가 건넨 거의 희석하지 않은 스카치위스키를 단숨에 들이켰다. 그리고 가냘픈 목소리로 말했다.

"난 그저 기분이 좋은 것뿐이에요. 여기 있는 모든 사람들이 매력적인 것 같거든요."

그러고는 평소 이런 종류의 연회에서 그리 노력을 보이지 않던 것과는 달리 작정하고 나섰다. 마치 못생긴 여인들이 그들의 볼품없는 외모를 잊게 하려고 끊임없이 재잘대듯, 얼굴이 활짝 핀 것에 대해 사죄하기로 지레 결심한 것이었다. 루실은 상냥하고 수줍고 다정한 태도로 이 그룹에서 저 그룹을 건너 디녔고, 심지어 어안이 벙벙한 클레르 상트레에게까지 다가가 드레스가 완벽하다고 칭찬했다. 샤를은 의아한 시선으로 루실을 좇다가, 아무래도 그만 집에 데려가야겠다고 마음먹었다. 디안이 그의 팔을 붙들었다.

"샤를, 초봄의 아름다운 밤이에요. 함께 춤추지 않을래요? 아무도 잠들고 싶어 하지 않는다고요, 루실은 여기 있는 누구보다 그런 것 같고요."

그녀가 재미있다는 듯 호의 어린 시선으로 루실을 좇았다. 디안이 질투하는 것도 알고 그녀가 루실을 따로 불러 얼마간 시간을 가진 것도 알고 있던 샤를은 갑자기 마음이 놓였다. 루실은 앙투안을 잊은 듯했다. 그리고 이 연회는 디안이 암묵적으로 그에게 평화를 제안하는 일종의 파티였다. 그는 수락했다.

연회가 끝나고 그들은 나이트클럽에서 만날 약속을 했다. 샤를과 루실이 가장 먼저 도착했다. 그들은 즐겁게 몸을 흔들며 대화를 나눴다. 루실이 여세를 몰아 참새처럼 재잘거렸다. 돌연 그녀가 우뚝 멈춰 섰다. 문에 서 있는 장신의 남자가 보였다. 짙은 남색 양복을 입은 황금색 눈동자의 그는 다른 사람들보다 조금 더 키가 컸다. 루실은 그의 얼굴을 보지 않고도 그릴 수 있을 정도로 잘 알았고, 그의 짙은 남색 양복 속에 감춰진 흉터들과 어깨의 형태까지 알았다. 그가 루실과 샤를에게 다가와 자리에 앉았다. 디안은 아래층에서 화장을 고치고 있었다. 그가 루실에게 춤을 청했다. 그의 손이 그녀의 어깨에 지그시 얹혔다. 그와 마주 댄 손바닥의 감촉, 그리고 그녀의 볼과 그녀보다 좀 더 높은 곳에 있는 그의 볼 사이에 확보된 야릇한 거리감, 그녀가 정확히 감지한 그 욕망의 거리감에 그녀는 동요했다. 자신을 쳐다보지도 않는 군중을 의식하여 그들을 속이기 위해 슬쩍 지루한 표정을 지을 정도로. 그녀가 앙투안과 함께 춤을 추는 건 이번이 처음이었다. 이 봄에 도처에서 연주되는 감상적이고도 흥겨운 노래가 울려 퍼졌다.

앙투안이 루실을 테이블로 이끌었다. 아래층에서 올라온 디안이 샤를과 춤을 추고 있었다. 앙투안과 루실은 긴 의자에 제법 거리를 두고 앉았다.

"즐거운가 보네?"

그는 화난 표정이었다. 루실은 의아해하며 대답했다.

"그럼, 즐겁지. 넌 아니야?"

"전혀. 난 이런 모임을 즐기지 않아. 그리고 너와는 달리 위선적인 상황도 질색이고."

실제로 그는 저녁 내내 루실과 이야기 하지 못했고, 그녀를 안고 싶었다. 몇 분 뒤엔 그녀가 샤를과 함께 떠난다는 생각에, 억장이 무너졌다. 그는 정조 관념과 독점욕에 사로잡혔다. 좌절된 욕망이 손쉽게 이르는 길이었다.

"넌 아주 이런 삶을 위해 태어난 것 같구나."

"그러는 넌?"

"난 아냐. 자신의 남성성을 두 여자 사이를 오가는 데 쓰는 남자들도 있지만, 내 남성성은 여자들을 희열로 고통스럽게 하는 걸 자제하는 데 쓰이거든."

루실이 외쳤다.

"아까 디안의 침실에서 네 얼굴이 어땠는지 네가 봤어야 하는 건데. 당황해서 어쩔 줄 모르더라…?"

루실이 실실거리기 시작했다. 앙투안은 억누른 목소리로 말했다.

"웃지 마, 10분 있으면 넌 샤를의 품에 있거나 아니면 혼자가 되겠지. 어쨌든 나하곤 멀어져서…"

"하지만 내일…"

"그 '내일' 소리라면 이젠 신물이 나. 이 점을 명심해둬."

루실은 입을 다물었다. 심각한 표정을 지으려 애썼지만 소용없었다. 알코올이 그녀를 실실거리게 만들었다. 모르는 남자가 다가와 그녀에게 춤을 청하자, 앙투안이 단호한 목소리로 그를 돌려보냈다. 그녀는 그가 원망스러웠다. 그녀는 여기 있는 삼분의 일 가량의 남자들 중 누구와라도 함께 기꺼이 춤추고 이야기하고 심지어 도망칠 수도 있을 것 같았다. 그녀는 그 무엇에도 더는 의무감을 느끼지 않았다. 즐기는 거라면 또 모를까.

루실이 처량하게 말했다.

"내가 좀 많이 마셨어."

"그런 것 같네."

"너도 그랬어야 했어. 재미없잖아."

그들은 처음으로 다퉜다. 그녀는 그의 완고하고 아이 같은 옆얼굴을 힐끔 보더니 이내 누그러져서 말했다.

"앙투안, 잘 알잖아…."

"그래, 그래, 넌 날 영원히 사랑하지."

그가 일어섰다. 디안이 그들의 테이블로 돌아왔다. 샤를은 고단해 보였다. 그가 루실에게 애원하는 시선을 던지고는, 다음 날 일찍 일어나야 하고 이 장소는 그에겐 정말이지 시끄러워도 너무 시끄럽다며 디안에게 양해를 구했다. 루실은 순순히 그를 따랐다. 하지만 차 안에서, 그를 알게 된 이후로 처음으로 감옥에 갇힌 기분을 느꼈다.

12

디안은 욕실에서 화장을 지웠다. 앙투안은 턴테이블을 틀어
놓고서 바닥에 주저앉아 베토벤의 콘체르토를 들으며 생각에
잠겼다. 음악이 귀에 들어오지 않았다. 디안은 거울로 그를 바
라보며 미소 지었다. 그는 턴테이블이 이단의 동상이나 모닥
불이라도 되는 것처럼 계속해서 그 앞을 지키고 앉아있었다.
그녀가 소리는 방의 양쪽 구석에 놓인 스피커에서 흘러나오
고, 스피커가 각각의 음을 침대 부근으로, 그러니까 정확히는
방 한가운데로 퍼뜨린다고 아무리 설명해도 소용없었다. 그는
까맣고 번들거리는 레코드판의 회전에 매혹되기라도 한 듯 턴
테이블 앞을 떠나지 않았다. 디안은 정성스럽게 낮 화장을 지
운 뒤, 주름을 심화시키지 않으면서 감추기 위해 엄청나게 고
심한 밤 화장을 시작했다. (여성 잡지에서 권유하듯) 피부가
숨 쉬게 내버려 두는 건, 심장이 박동을 멈추게 내버려 두는
것보다 더 안 될 말이었다. 그녀는 더는 시간이 없었다. 앙투안
을 붙들어두는 데 미모는 필수적이라고 생각했다. 따라서 그
녀는 실속 없는 미래를 위해 피부를 관리하는 것이 아니었다.
어떤 본성들은, 게다가 긍정적인 것들일수록, 일시적으로만 유
지될 뿐 나머지 단계를 건너뛴다. 디안도 예외가 아니었다.

앙투안은 경직된 채로 욕실에서 들려오는 자질구레한 소음을 들었다. 크리넥스가 찢기는 소리며 머리빗의 사각거림이 콘체르토의 바이올린과 관악기 소리를 가볍게 덮어버렸다. 5분 뒤엔 그는 일어나서 옷을 벗고 결이 고운 이불 속으로 들어가 이 아름다운 방에서 치장에 매우 공을 들인 이 여자 곁에 누워야 하리라. 하지만 그가 안고 싶은 건 루실이었다. 그의 집에 들어와 허술한 침대 속으로 뛰어드는 루실, 서둘러 옷을 벗는 루실, 그만큼 서둘러 사라져버리는 루실. 그녀는 그의 붙잡을 수 없는 도둑이고 손님이었다. 그녀는 그의 집에 거주하지 않았고, 결코 거주하지 않을 터였다. 그는 결코 그녀의 곁에서 깨어나지 않을 것이며 늘 들르기만 하리라. 게다가 그는 오늘 밤의 연회를 망쳐버렸다. 목이 메어오는 것이 느껴졌다. 사춘기 소년과 같은 절망감으로.

디안이 파란색 잠옷을 걸치고 들어와, 돌아앉은 그의 등을, 저 경직된 목을, 금발을 잠시 바라보았다. 그녀는 그것들에서 느껴지는 적대감을 부인했다. 그녀는 고단했다. 오늘은 특별히 좀 마셨다. 기분이 좋았다. 그녀는 앙투안이 말을 걸어주기를, 그녀와 함께 웃기를, 생각 없이 자신의 유년 시절에 대해 털어놓기를 바랐다. 다만 그녀가 몰랐던 건 그가 바로 생각의 강박, 그녀와 섹스해야 한다는 도덕적 의무감에 시달리고 있다는 것이었다. 그는 부당하게도 그녀가 그에게 섹스 외에 다른 걸 바랄 수 없다고 믿었다. 같은 식으로, 그녀가 그의 곁에 앉아 단지 우정 어린 동작으로 팔짱을 끼자 평소와 달리 이런 천박한 생각을 했다. '그래, 알았어요, 알았어, 잠깐만.' 그는 최악의 관계에서도 사랑을 늘 일종의 존중심으로 대했고, 누군가에게 손을 얹기 전에 1분간이라도 묵상하는 사람이었기 때문이다.

디안이 말했다.

"난 이 콘체르토 좋더라."

앙투안은 해변에서 지중해의 파란색을 일깨워주는 누군가의 말 때문에 혼자만의 시간을 방해받은 사람의 기분이 되어 예의 바르게 대답했다.

"매우 아름답죠."

"오늘 연회는 꽤 성공적이었지, 안 그래?"

"그야말로 불꽃놀이였죠."

앙투안은 대답하며 카펫 위에 드러눕더니 몸을 뒤집어 엎드리고는 눈을 감았다.

그는 넘을 수 없는 거대한 산 같았고, 영원한 고독에 빠진 것처럼 보였다. 그의 귀에 빈정거리며 심술궂게 말하는 자신의 목소리가 들려왔다. 그는 이런 자신이 싫었다. "아름답고, 낡고, 허식적이고."

디안이 얼어붙었다. 대체 그는 이걸 어디서 읽었을까? 사무엘 핍스[2]의 『일기』에서?

"오늘 많이 지루했어?"

그녀가 몸을 일으켜 방 안을 걸어가더니 화병의 꽃을 매만지고 가구들을 어루만졌다. 그는 눈을 가늘게 뜨고서 그녀를 지켜보았다. 그녀는 가구들을 좋아했다, 저 망할 가구들을. 그도 가구였다. 그녀 사치의 핵심. 그는 보호받는 젊은 남자였다. 물론 정말 그런 건 아니었다. 하지만 그는 '그녀의 친구들' 집에서 저녁 식사를 했고, '그녀의 아파트'에서 잠을 잤으며, '그녀의 삶'을 살았다. 그는 루실과 같은 처지의 남자였다. 그래도 루실은… 적어도 여자였다.

"대답 안 해? 그렇게 지루했어?"

그녀의 목소리. 그녀의 질문. 그녀의 잠옷. 그녀의 향수. 그는 더는 견딜 수 없었다. 그는 양팔로 머리를 괴며 돌아누웠다. 그녀가 그의 곁에 무릎을 꿇었다.

"앙투안… 앙투안…"

그 목소리에 깃든 한없는 비탄과 다정함에, 앙투안은 그녀를

---

2 17세기 영국 해군 군무원. 그가 남긴 『일기』는 17세기 영국의 흑사병, 런던의 대화재, 영국과 네덜란드 간의 전쟁 등 굵직한 역사적 사실들과 함께 당시의 연극 공연, 식생활, 패션 등 생활양식과 풍속을 세세하게 묘사하고 있어 17세기 영국 사회 연구를 위한 최고의 사료로 꼽힌다.

돌아보았다. 그녀의 눈이 과하게 빛나고 있었다. 그들은 서로를 뚫어져라 바라보았다. 그가 몸을 돌리며 그녀를 자기 쪽으로 끌어당겼다. 그녀가 겁먹은 듯한 엉거주춤한 동작으로 그의 곁에 누웠다. 마치 몸이 부서질까 두렵다는 듯이, 류머티즘이라도 앓는 듯이. 그리고 그는 그녀를 사랑하지 않아서, 그녀를 욕망했다.

　샤를은 혼자서 뉴욕으로 떠났고, 여행 일정은 나흘로 줄어들었다. 루실은 푸르러지는 파리의 거리를 컨버터블로 쏘다녔다. 그녀는 여름을 기다렸고, 센 강을 감도는 냄새와 강물에 비치는 그림자들에서 그것을 감지했다. 이미 이 먼지 섞인 냄새, 머지않아 생제르맹 대로를 잠식할 나무 냄새와 흙냄새를 알아맞혔다. 커다란 밤나무들이 분홍빛 하늘에서 선명한 윤곽을 드러내며 하늘을 거의 뒤덮었다. 늘 너무 이르게 켜지는 가로등들은 겨울의 소중한 가이드 역할에서 여름의 기생충으로 전락하며, 직업적 자부심에 손상을 입었다. 여름의 가로등은 도무지 사라질 기미를 보이지 않는 저녁 해와, 하늘 전체에 드리울 기세로 일찌감치 하늘을 박차고 모습을 드러내는 여명 사이에 끼어있었기 때문이다. 초저녁, 그녀는 생제르맹 데

프레 구역을 어슬렁거리며 대학 친구들이며 그 이후의 친구들과 마주쳤다. 그들은 마치 죽었다가 살아 돌아온 사람이라도 대하듯 비명을 지르며 그녀를 환대했다. 몇 마디 농담이 오가고 몇 가지 추억이 소환된 뒤, 그녀는 그들에게는 직업과 애인과 경제적 걱정이 있고 그녀의 무사안일이 그들을 재밌게 하기보다는 언짢게 한다는 걸 깨달았다. 돈의 장벽이 소리의 장벽이 되었다. 모든 말들이 대화 상대자에게 몇 초 뒤에나, 그러니까 너무 늦게 가 닿았다.

그녀는 쿠자스 가의 오래된 괜찮은 비스트로에서 그들과 함께 저녁을 드는 걸 거절하고서, 다소 의기소침해진 채 집으로 돌아왔다. 8시 30분이었다. 그녀를 늘 받아주는 폴린이 부엌에서 스테이크를 구워주었다. 루실은 창문을 활짝 열어놓고서 침대에 누웠다. 햇살이 카펫 위에서 급속도로 수그러들었고, 길가의 소음이 잦아들었다. 그녀는 두 달 전에 방 안에 스며든 바람에 잠에서 깨어났던 기억을 떠올렸다. 이 바람처럼 살랑거리며 방 안에 감도는 바람이 아니라 대담하고 날랜 바람이었고, 이 바람이 솔솔 잠이 오게 하는 것과 달리, 번쩍 잠을 깨게 하는 활기찬 바람이었다. 이 두 바람 사이에 앙투안이 있었고, 삶이 있었다.

그녀는 다음 날, 그와 처음으로 단둘이 저녁 식사를 할 예정이었고, 문득 불안해졌다. 누군가 그녀와 함께 있는 걸 지루해하는 것이 그 반대보다 훨씬 두려웠기 때문이다. 한편으로 그녀는 삶이 몹시 만족스러웠기에 이 침대에 누워 한없는 부드러움을 느끼며 점차로 어둠에 휩싸여갔다. 그녀는 지구는 둥글다는 것과 복잡해 보이는 삶에서 그녀에게는 어떤 불행도 닥치지 않으리라는 것에 전적으로 동의했다.

고독 속에서도 더러 완벽한 행복의 순간이 있다. 위기의 순간엔 외부적인 어떤 것보다도 기억이 우리를 절망에서 구한다. 우리는 우리가 혼자서, 아무 이유 없이 행복했었다는 걸 안다. 우리는 그것이 가능하다는 걸 알고 있다. 행복 ─ 우리가 누군가로 인해 불행할 때 그 누군가와 필연적이며 유기적으로 관련이 있어 보이고, 또한 그 누군가에게 달려있는 것처럼 보이는 행복 ─ 은 실은 매끄럽고, 둥글고, 흠 없는 무언가로 더할 수 없이 자유롭게, 우리 자신의 뜻대로 할 수 있는 것처럼(물론 잠깐일 수도 있지만, 틀림없이 가능하다) 나타난다. 이 기억은 우리에게 이전에 다른 누군가와 공유했던 행복보다 더 위안이 된다. 왜냐하면 그 다른 누군가를 더 이상 사랑하지 않게 되었을 때 그와 공유했던 행복은, 실수로, 아무것도 아닌 것에 기반을 두었던 허무한 기억으로 떠오를 것이기 때문이다.

그녀는 다음 날 오후 여섯 시에 앙투안의 집으로 가서 그를 차에 태워 교외로 저녁 식사를 하러 갈 터였다. 밤은 온통 그들의 것이 되리라. 그녀는 미소를 지으며 잠이 들었다.

자갈이 아이들의 발밑에서 서걱거렸고, 박쥐들이 테라스 조명들 주변을 떠돌았다. 이웃 테이블에서 눈이 벌겋게 충혈된 한 커플이 한마디 말도 없이 오믈렛 플랑베³를 삼키고 있었다. 앙투안과 루실은 파리에서 15킬로미터 남짓 떨어진 곳에 나와 있었다. 날이 다소 선선했다. 산장 여주인이 숄을 가져다 루실의 어깨에 둘러주었다. 피로에 지쳤거나 밀회를 즐기려는 파리지앵들에게 그럭저럭 비밀을 보장해주고 신선한 공기를 제공하는 수천 곳의 작은 산장들 중 하나였다. 앙투안의 머리칼이 바람에 헝클어졌다. 그가 빙긋 웃었다. 루실은 그에게 자신의 유년 시절에 대해, 행복한 유년 시절에 대해 이야기했다.

"…아버지는 회계사셨어. 라 퐁텐을 열렬히 좋아하셨지. 라퐁텐의 우화들을 암송하며 앙드르 근방을 거닐곤 하셨어. 그 뒤엔 당신이 직접 글을 쓰셨지, 물론 역할을 바꿔서 말이야. 난 '양과 까마귀'라는 제목의 우화를 줄줄 외우는, 프랑스에서 극

---

3 토치로 겉면을 그을린 오믈렛.

히 드문 여자라고. 넌 정말 운이 좋은 줄 알아."

앙투안이 대답했다.

"운이 보통 좋은 게 아니지. 알아. 그러니까 계속해봐."

"아버지는 내가 열두 살이었을 때 돌아가셨고, 남동생은 척수 회백질염에 걸렸어. 지금도 휠체어 신세를 지고 있지. 당연히 엄마가 동생한테 헌신하셨어. 동생한테 아예 딱 붙어서 지금까지 간호하고 계시지. 엄마는 나란 존재를 좀 잊어버리신 것 같아."

루실은 말을 멈췄다. 그녀는 파리에 올라와, 엄마에게 매달 힘겹게 돈을 보냈었다. 2년 전부터는 샤를이 그녀에게 따로 알리지 않고 돈을 보내고 있었다.

앙투안은 말했다.

"우리 부모님은 서로를 못 잡아먹어서 안달이었어. 그런데도 내가 한 가정에서 자라야 한다며 이혼도 하지 않았지. 장담하지만 난 차라리 두 가정을 오가며 사는 게 더 좋았을 거야."

그가 미소를 지으며 테이블을 가로질러 루실의 손을 잡았다.

"알고 있어? 이 저녁이, 이 밤이 온통 우리 거라는 거."

"차 덮개를 내리고 파리까지 천천히 달리자. 아주 천천히 달려야 돼, 날이 차니까. 내가 담뱃불도 붙여줄게, 넌 핸들에서 손을 놓으면 안 되니까."

"그래 살살 가자, 네가 원하니까. 춤추러 가자, 그랬다가 우리의 침대로 가자, 내일 아침이 되면 넌 드디어 내가 커피를 마시는지 차를 마시는지, 설탕은 얼마나 넣는지 알게 될 거야."

"춤추러 가자고? 그럼 아는 사람들을 죄다 만나게 될 거야."

앙투안이 단호하게 말했다.

"그게 뭐. 설마 내가 숨어서 삶을 보내길 바라는 건 아니겠지?"

루실은 대답 없이 눈을 내리깔았다. 앙투안이 다정하게 말했다.

"결심을 하긴 해야지. 하지만 오늘 밤은 아니니까 걱정 마."

그녀는 다시 고개를 들었다. 안도하는 것이 역력한 얼굴이었다. 그는 웃지 않을 수 없었다.

"조금이라도 기한이 연장되니까 좋아하는 거 봐라. 넌 순간만을 살아, 그렇지?"

루실은 대답하지 않았다. 그녀는 그와 함께 완벽하게 좋았고, 완벽하게 자연스러웠다. 그는 그녀를 웃고 싶게 하고, 얘기하고 싶게 하고, 섹스하고 싶게 했다. 그는 그녀에게 모든 걸 주었고, 이것이 그녀를 조금은 두렵게 만들었다.

이튿날, 그녀는 일찍 잠에서 깨어났다. 어질러진 방 안과 그녀를 움직이지 못하게 가로막은 금빛 털이 북실북실한 기다란 팔이 흐릿한 시야로 들어왔다. 그녀는 즉시 도로 눈감으며 엎드려서는 배시시 웃었다. 곁에 앙투안이 있었고, 그녀는 이제 '사랑의 밤을 보내다'라는 표현이 의미하는 바를 알았다. 그들은 춤을 추러 갔고, 아무도 마주치지 않았다. 그리고 그의 집으로 돌아와 햇살이 침대를 환히 비출 때까지 이야기를 나누고, 섹스를 하고, 담배를 피우고, 다시 이야기를 나누고, 섹스를 했다. 과잉으로 인해 기진한 이 커다란 평화 속에서 말과 행동에 취했다. 그들은 이 밤, 이 격렬함 속에서 조금은 이대로 죽을지도 모른다고 생각했고, 기적의 뗏목처럼 밀려온 잠에 기어올라 축 늘어져서 정신을 잃었다. 어쨌든 마지막 결속의 의미로 서로의 손을 살며시 잡은 채였다. 그녀는 돌아누운 앙투안의 옆모습을 관찰했다. 그의 목과 볼에 돋아난 수염과 눈 밑의 푸르스름한 다크서클을. 그녀가 그의 곁이 아닌 다른 어딘가에서 깨어난다는 것은 있을 수 없는 일처럼 여겨졌다. 그녀는 그가 낮에는 이토록 무사태평하고 몽상적이며, 밤에는 그토록 거칠고 정확한 것이 좋았다. 마치 사랑이 그의 안에서 잠자던, 오직 쾌락만이 확고 불변의 유일한 법칙인 무사태평한 이교도를 깨운 것처럼.

앙투안이 그녀 쪽으로 고개를 돌리며 눈을 떴고, 절반은 놀라고 절반은 어쩔 줄 모르는 신생아의 시선으로 그녀를 바라보았다. 그가 그녀를 알아보고 미소를 지으며 그녀를 향해 몸을 돌렸다. 수면으로 인해 무겁고 뜨거워진 그의 머리가 루실의 어깨에 얹혔다. 그녀는 침대의 건너편 끝에서 뭉쳐있는 이불을 헤치고 불쑥 드러난 앙투안의 커다란 발을 미소를 지으며 바라보았다. 그가 한숨을 내쉬며 탄식하는 투로 무슨 말인가를 중얼거렸다. 루실은 말했다.

"넌 아침엔 눈이 밝은 금색이 되는구나. 정말 놀랍다, 꼭 맥주 같아."

앙투안이 말했다.

"시인이 따로 없구나."

그가 몸을 벌떡 일으키더니 루실의 얼굴을 잡아 햇빛을 향해 돌렸다.

"네 눈은 거의 파란색이야."

"아니, 회색이야. 회녹색."

"으스대기는."

그들은 벌거벗은 채로 침대에 앉아 마주 보았다. 그는 여전히 두 손으로 그녀의 얼굴을 감싼 채 탐색하듯 그녀를 살폈다. 그의 어깨는 뼈가 불거지고 매우 넓었다. 그녀는 그의 손에서 빠져나와 그의 상체에 볼을 갖다 댔다. 그의 심장이 세차게 뛰는 소리가 들렸다. 그녀만큼이나 세차게. 그녀는 말했다.

"심장이 마구 쿵쾅거려. 피곤해서 그래?"

앙투안이 대답했다.

"아니, 퇴각의 북소리야."

"퇴각의 북소리가 정확히 무슨 뜻이야?"

"사전 찾아봐. 지금은 설명할 시간이 없어."

그가 그녀를 침대에 대각선으로 살며시 누였다. 밖은 이미 환했다.

정오에, 앙투안은 회사에 전화를 걸어 아침에 열이 나서 출근을 못 했다며 어쨌든 오후엔 나가겠다고 알렸다.

"알아, 이게 땡땡이라는 걸. 어쨌든 쫓겨나진 말아야 하니까 나가긴 해야지. 흔히 말하듯 내 밥벌이잖아."

루실이 심상하게 물었다.

"돈은 많이 벌어?"

그가 어조 변화 없이 대답했다.

"아주 조금. 혹시 너한테 중요한 문제야?"

그녀는 웃기 시작했다.

"아니, 돈이 있으면 편리하지, 그뿐이야."

"그러니까 편리한 게 중요할 만큼이냐고…?"

그녀가 놀라며 그를 바라보았다.

"왜 그런 걸 물어?"

"난 너랑 같이 살 생각이고, 그러면 널 먹여 살려야 하니까…."

루실이 황급히 그의 말을 잘랐다.

"미안하지만, 내 생계는 내가 해결하거든. 지금은 없어졌지만 '아펠'이라는 신문사에서 1년 동안 근무한 적도 있어. 재밌었어, 거기 사람들이 다들 진지하고 설교하기를 좋아해서 그렇지…."

앙투안이 손을 내밀어 그녀의 입을 막았다.

"넌 내 말이 무슨 뜻인지 알아들었어. 난 너랑 살고 싶어, 그게 아니면 다신 널 만나지 않을 거야. 난 여기서 살고 있고, 돈도 얼마 못 벌어. 어느 모로 보나 네가 현재 누리는 삶을 살게 해주진 못해. 이해했어?"

루실이 기어들어 가는 소리로 말했다.

"그럼 샤를은?"

"샤를 아니면 나, 둘 중 하나야. 그가 뉴욕에서 내일 돌아오지, 그렇지? 내일 밤에 여기로 와, 아니면 우린 다신 못 만나는 거야."

그가 일어나서 욕실로 갔다. 루실은 손톱을 물어뜯으며 생각을 하려 했으나 쉽지 않았다. 그녀는 기지개를 켜며 눈을 감았다. 언젠간 일어날 일이었다. 이런 날이 오고야 말 줄 알았다. 남자들이란 끔찍스럽게 피곤한 존재들이었다. 오후까지는 결정을 해야 하리라. '결정'은 그녀에겐 가장 끔찍한 프랑스어 단어 중 하나였다.

13

오를리 공항이 유리창에 반사된 차가운 햇살로 물들었다. 창밖으로 보이는 항공기들의 은빛 등과 활주로의 물웅덩이들이 수천 개의 회색빛으로 반짝거렸다. 눈이 부셨다. 샤를이 탑승한 여객기가 두 시간 연착했다. 루실은 대합실을 신경질적으로 서성거렸다. 만일 샤를에게 무슨 일이 생긴다면 그녀는 견딜 수 없으리라. 그건 그녀의 잘못이 될 터였다. 그녀는 그와 함께 떠나기를 거절하고 바람을 피웠다. 두 시간 전에 그녀가 지어 보였던 결심이 서린 서글픈 표정, 샤를에게 결심을 알리기 위한 그 표정이, 그녀가 그에게 말을 꺼내기도 전에, 무슨 일인가가 벌어지기도 전에, 스스로도 의식하지 못한 사이에 걱정스런 표정으로 누그러져 있었다. 그리고 샤를이 세관을 통과하며 본 것은 바로 이 얼굴이었다. 그는 그녀에게 따뜻하고 든든한 미소를 지어 보였고, 이 미소를 본 루실의 눈에 눈물이 핑 돌았다. 그가 그녀에게 다가와 다정하게 키스하며 잠시 그녀를 가만히 안았다. 루실은 한 젊은 여자가 질투 어린 고약한 눈빛으로 자신을 쏘아보는 것을 보았다. 그녀는 늘 그 사실을 잊곤 했지만, 샤를은 다정함을 오직 그녀가 독점한, 훤칠한 남자였다. 그는 있는 그대로의 그녀를 사랑했다. 그는 그녀에게 어떤 대가도 바라지 않았고, 아무것도 강요하지 않았다. 그러자 앙투안이 원망스러워졌다. 선택이니 결별이니, 말하기는 쉬웠다. 그는 마치 한 존재와 2년 동안 같이 살면서 애착이란 걸 느끼지 않을 수 있는 듯했다. 그녀는 샤를의 손을 잡고서 놓지 않았다. 마치 자신이 그를 지켜주는 듯한 기분이었고, 본래는 자기 자신을 지키려고 했다는 건 더 이상 기억나지 않았다.

샤를이 말했다.

"당신이 없어서 얼마나 지루했는지 몰라." 그가 미소 지으며 짐꾼에게 보수를 치르더니 운전수에게 익숙하고 자연스런 동작으로 짐을 가리켜 보였다. 그와는 모든 것이 얼마나 간단하고 쉬운지, 그녀는 오랫동안 잊고 있었다. 그가 차를 반 바퀴 돌아 그녀에게 차문을 열어주고는 그녀 옆에 앉더니, 거의 수줍음에 가까운 태도로 그녀의 손을 잡으며 운전기사에게 "집으로"라고 말했다. 집으로 돌아가는 것이 더없이 행복한 남자의 즐거운 목소리였다. 그녀는 덫에 걸린 기분이었다.

"왜 내가 없어서 지루했어요? 나한테서 뭐가 더 새로워서요?"

그녀의 목소리는 절망스러웠으나 샤를은 애교로 받아들인 듯 미소 지었다.

"다 새로워, 잘 알면서."

"난 자격이 없어요."

"감정 관계에서 자격의 기준이란… 알잖소. 뉴욕에서 아주
멋진 선물을 하나 샀소."

"뭔데요?"

그는 말하려 들지 않았고, 아파트에 도착할 때까지 다정한
실랑이가 이어졌다. 폴린은 두 사람을 보자 안도의 탄성을 내
질렀다. 그녀에겐 모든 비행기 여행이 목숨을 건 위험한 모험
으로 여겨졌다. 그들은 함께 샤를의 짐을 풀었다. 그가 선물로
가져온 것은 그녀의 눈동자 색과 같은 밝은 회색의 보드라운
담비 코트였다. 그녀가 코트를 입어보자 그가 어린애처럼 밝
게 웃었다. 오후에 그녀는 앙투안에게 전화를 걸어 좀 만나야
겠다고, 샤를에게 감히 말할 용기를 내지 못했노라고 말했다.

"난 샤를한테 얘기하기 전에는 널 만나지 않을 거야."

앙투안이 자기 말만 하고는 전화를 쾅 끊었다.

목소리가 이상했다.

그녀는 나흘 동안 그와 만나지 못했다. 분노가 치밀었으나,
괴롭지는 않았다. 무례하게 전화를 끊은 그가 괘씸했다. 루실
은 모든 형태의 무례를 싫어했다. 아무튼 그녀는 그가 다시 전
화를 걸 거라고 거의 확신했다. 그날 밤, 그들은 깊이 결합되
었고, 사랑의 이름으로 함께 너무 멀리 나갔다. 그들은 똑같

은 이단의 두 신도가 되었고, 이 이단은 이제 그들이 서로 간에 어떤 변덕을 부리든, 그들의 힘을 넘어서서 존재했다. 앙투안은 정신적으로는 그녀에게 적대적일 수 있었으나, 그의 육체는 이제 그녀의 육체의 반쪽인 바, 그는 완전해진 기분을 느끼기 위해 그녀의 육체가 필요하고 그리울 터였다. 그들의 육체는 친구 사이인 두 마리 말과도 같았다. 말들은 주인들의 불화로 인해 잠시 떨어져 있을지라도, 결국은 쾌락의 햇빛이 찬란한 정경 속으로 함께 질주할 터였다. 그녀에게는 그 반대는 불가능하게 여겨졌다. 욕망에 저항할 수 있으리라는 건 상상조차 되지 않았다. 그래야 할 필요성도, 정당성도 없었다. 이 불평 많은 루이 필리프 시대[4] 같은 프랑스에서, 그녀는 뜨겁고도 격렬한 피에 이끌리는 것보다 더 고귀한 도덕이 무엇인지 알지 못했다.

루실은 무엇보다 앙투안이 그녀에게 설명할 기회조차 주지 않은 것이 원망스러웠다. 그에게 비행기의 연착과 그로 인한 불안에 대해 이야기하고, 자신의 선의를 증명할 수도 있었으리라. 어쩌면 그날 밤의 결심을 밀어붙이고, 샤를에게 상황을 설명할 수도 있었다. 하지만 그녀는 샤를과의 이별을 결정하

---

4   노동자에게는 권위적이고 부르주아에게는 자유로운 부르주아 우선 정책을 비꼬는 표현. 프랑스의 마지막 왕인 루이 필리프의 부르주아 정책을 빗댄 것이다.

기까지 무진 애를 먹었고, 이 비극적인 결별의 상황을 몇 번이고 실제처럼 연습한 나머지, 실패로 끝난 그날의 시도가 신비주의적 징조로까지 생각되었다. 어떤 비겁들은 미신에 빠지기 십상이다. 아무튼 앙투안은 전화하지 않았고, 그녀는 지쳤다.

여름이 왔다. 노천카페와 야외에서의 밤들이 들썩이기 시작했다. 샤를은 루실을 불로뉴 숲에 위치한 프레카틀랑 식당에서 열리는 어느 저녁 식사 모임에 데려갔다. 앙투안과 디안은 한 나무 밑에 형성된 몹시 떠들썩한 그룹의 중심을 차지하고 있었다. 루실에게 앙투안의 모습이 보이기도 전에 그의 웃음소리가 들려왔다. 루실의 머릿속에 이런 생각이 빠르게 스쳤다. '저 봐, 나 없이도 웃고 있네.' 그럼에도 그녀는 기쁨에 찬 동작으로 그에게 향하고 있었다. 루실이 웃으며 손을 내밀었으나 그는 웃음을 돌려주지 않은 채 짧은 목례를 보이고는 돌아섰다. 일순, 불빛이 휘황하고 수목이 우거진 프레카틀랑이 음산해졌다. 돌연 사람들의 경박함이며 지적 빈곤함이 그녀의 눈에 들어왔고, 이 장소, 이 세계, 그녀 자신의 삶이 절망적으로 권태로워졌다. 앙투안이 없다면, 그의 금빛 눈과 그의 방과 일주일에 세 번씩 그의 품에 안겨서 보냈던 몇 시간의 진실이 없다면, 즐겁다고 할 수 있을 이 소란하고 혼란스런 세계를 이루는 각각의 디테일들은 실력 없는 실내 디자이너의 치졸한 창작품에 불과해지리라. 클레르 상트레는 추해 보였고, 조니는 우스꽝스러웠으며, 디안은 반송장 같았다. 루실은 뒤로 물러났다.

디안이 위엄 있는 목소리로 그녀를 불러 세웠다.

"루실, 그렇게 도망가지 말아요. 원피스가 아주 예쁘네요."

디안은 이제 루실에게 아끼지 않고 호의를 베풀기를 몹시 즐겼다. 그런 식으로 자신의 철저한 안전이 입증될 수 있다고 생각했다. 하지만 그런 그녀의 태도는 조니와, 무엇보다 결국 조니가 참지 못하고 모든 걸 '고백해'버린 클레르를 웃게 만들었다. 물론 그들을 둘러싼 작은 그룹도 모두 알고 있었다. 이제 루실과 앙투안이 결단을 내리지 못하고 얼굴이 하얗게 질린 채로 고통스러워하며 나란히 서있는 바로 이 순간에, 사람들은 두 사람에게 통상 새 연인들의 몫인, 반은 시기 어리고 반은 조롱하는 눈길을 던지고 있었다. 루실이 디안에게 다가가서 되는 대로 말했다.

"어제도 이 원피스를 입었는걸요. 오늘 밤은 좀 춥지 않을까 걱정이에요."

조니가 말했다.

"그래도 코코 두레드의 옷보단 이 원피스를 입는 게 감기에 덜 걸리겠어요. 그렇게 치렁한 옷이 그렇게 성글게 짜였으니.

그래놓고 코코가 한다는 소리가 글쎄, 세탁할 때 손수건을 빠는 것 같다나요. 그래서 시간도 얼마 안 걸린다면서."

루실은 코코 두레드를 흘낏 보았다. 과연 그녀는 반나체로 전구 장식 밑을 거닐고 있었다. 불로뉴 숲의 축축한 땅에서 깊고 감미로운 흙냄새가 끼쳐왔다.

클레르는 말했다.

"기분이 가라앉아 보이는군요, 루실."

클레르의 눈이 반짝거렸다. 그녀는 조니의 팔짱을 끼고 있었고, 조니 역시 루실을 살피고 있었다. 루실의 침묵에 의아해진 디안이 그녀를 바라보았다. 루실은 생각했다. '다들 개야. 개들. 할 수만 있다면 호기심을 충족시키기 위해 나를 갈가리 물어뜯을 거라고.' 루실은 희미하게 웃었다.

"오늘 정말 춥네요. 샤를한테 외투를 가져다 달라고 해야겠어요."

조니가 말했다.

"내가 갈게요. 옷 보관소의 젊은 남자가 아주 멋지더라고요."

조니가 뛰어서 돌아왔다. 루실은 더는 앙투안을 마주 보지 않았다. 그저 몇몇 새들처럼 옆모습을 흘낏거릴 뿐이었다.

클레르가 탄성을 질렀다.

"아니, 코트를 새로 장만했군요…! 세상에, 멋져라, 이 파스

텔 톤 회색 좀 봐요. 새 옷 맞죠? 입은 걸 한 번도 못 봤어요."

"샤를이 뉴욕에서 사다 줬어요."

그 순간 루실은 앙투안과 시선이 마주쳤고, 그의 시선에서 읽은 것에 그의 따귀를 후려치고 싶었다. 그녀는 몸을 확 돌려서 멀어졌다.

클레르는 말했다.

"담비는 내 젊은 시절에 날 정말 활짝 피게 만들어줬죠."

디안은 미간을 찌푸렸다. 그녀 곁에 선 앙투안이 그녀로서는 맹인의 표정이라고 할 표정, 넋 나간 표정을 짓고 있었다. 그녀는 말했다.

"위스키 좀 가져다줘요."

그녀는 앙투안에게 감히 이유는 묻지 못하고서 음료를 주문했다. 그에게 무언가를 시키는 것이 다소 위안이 되었다.

루실과 앙투안은 이 밤 내내 서로에게 한 발자국도 다가가지 않았다. 하지만 자정 무렵, 그들은 각각 한 테이블의 양쪽 끝에 홀로 남게 되었다. 모두들 춤을 추러 나간 터였다. 그가 결례하지 않으려면 그녀에게 다가갈 수밖에 없는 상황이었고, 그는 그녀의 기분을 상하게 하고 싶지 않았다. 지난 이틀 내내 그를 괴롭혔던 것이 이제는 그를 짓눌렀다. 그는 샤를의 품에 안겨 그에게 키스하고 자신에게 했던 말을 샤를에게도 속삭이는 루실을 상상했다. 무엇보다 그는 그녀의 어떤 표정, 자신을 바치는 듯한 얼굴이면서도 난폭한 비밀을 숨긴 그 얼굴, 그가 그녀한테서 얻어냈고, 이제는 그의 유일한 욕망이 되어버린 그 얼굴을 상상했다. 이 여자 때문에 질투로 죽을 것만 같았다. 그는 테이블을 돌아와서 그녀 곁에 앉았다.

루실은 그를 거들떠보지도 않았다. 그가 느닷없이 몸을 앞으로 숙였다. 도무지 이해되지 않았고, 도무지 참을 수 없었다. 이 부주의한 낯선 여자가 일주일 전만 해도 그의 곁에 벌거벗고 누워서 햇빛을 받고 있었다니.

그는 말했다.

"루실, 우리를 어떻게 할 거야?"

"넌 어떡할 건데? 네가 변덕을 부렸잖아. 24시간 내로 결별하라니. 말도 안 돼, 그럴 수 없었어."

그녀는 철저히 절망스러웠고, 철저히 차분했다. 마음을 비웠다고 할까.

그가 더듬거리며 내뱉었다.

"변덕이 아니야. 난 질투하는 거야. 나도 어쩔 수가 없어. 더는 거짓말을 참을 수 없다고. 거짓말이 날 짓눌러, 정말이야. 그리고 자꾸…."

그가 말을 멈추고는 한 손으로 얼굴을 문지르더니 다시 말을 이었다.

"말해봐, 샤를이 돌아온 이후로, 넌, 그와 넌…"

그녀가 그를 휙 돌아보았다.

"샤를이랑 잤냐고? 물론이야. 담비 코트를 사줬잖아, 안 그래?"

"마음에도 없는 말은 하지 마."

"그래, 그런데 넌 그렇게 생각했잖아. 좀 전에 네 얼굴에서 그 생각이 보였어. 그것 때문에 난 네가 싫어."

커플 한 쌍이 테이블로 돌아왔다. 앙투안이 황급히 몸을 일으키며 말했다.

"춤추러 가자. 같이 얘기 좀 해야겠어."

"싫어, 내 말이 맞지, 그렇지?"

"어쩌면… 하지만 잘못 반응할 수도 있는 거야."

"그렇더라도 저속하게 반응하진 말아야지."

루실이 일갈하고는 그에게서 고개를 돌렸다.

그는 생각했다. '나한테 뒤집어씌우려는 거야, 날 오해하고 있고, 나한테 뒤집어씌우려는 거라고.' 그는 치밀어 오르는 분노에 휩싸였다. 그가 그녀의 손목을 잡아 자기 쪽으로 끌어당겼고, 그 동작이 어찌나 난폭했던지 다들 그들을 돌아보았다.

"춤추러 가자."

루실은 저항했다. 분노와 고통으로 눈물이 차올랐다.

"난 춤추고 싶지 않아."

앙투안은 스스로의 포로가 된 기분이었다. 그녀의 손을 놓을 수도, 강제로 잡아끌 수도 없었다. 동시에 그는 루실의 눈물에 매혹되었다. 이런 생각이 빠르게 스쳤다. '루실이 우는 걸 한 번도 못 봤어. 밤에 나한테 기대어 어린애처럼 구슬피 울었으면. 내가 끝도 없이 달래줄 텐데.'

루실이 나직하게 말했다.

"이거 놔, 앙투안."

상황이 기괴해졌다. 그가 당연히 그녀보다 힘이 셌기에 그녀는 의자에서 몸이 반쯤 들려 엉거주춤한 상태였고, 이 모든 것이 장난인 듯 아무렇지 않게 바보처럼 웃음도 나오지 않았다. 이목이 그들에게 집중되었다. 그는 미쳤다. 미쳤고, 고약했다. 그녀는 그가 두려웠다, 동시에 여전히 그가 좋았다.

"그런 걸 엉거주춤한 왈츠라고 부르는 거요."

샤를이 앙투안의 등 뒤에서 말했다.

앙투안은 루실의 손을 화들짝 놓으며 뒤를 돌아보았다. 이 나이든 사내의 얼굴에 주먹을 세차게 꽂고서 이 모든 인간들을 영원히 떠나고 싶었다. 하지만 샤를 곁에 디안이 있었다. 완벽한 미소를 지으며 다소 의아하다는 표정으로. 그녀는 이 상황과 거리를 두는 것 같았다.

"루실을 강제로 춤추게 하려는 거예요?"

"그래요."

앙투안은 디안의 눈을 똑바로 쳐다보면서 대답했다. 오늘 밤, 그녀를 떠날 작정이었다. 그는 그렇게 생각하며 굉장히 차분해졌다. 그녀에게 깊은 연민이 느껴졌다. 그녀는 이 사건에서 크게 중요하지 않았다. 그는 그녀에게 진정으로 관심을 가져 본 적이 결코 없었다.

디안은 말했다.

"당신은 예예(yé-yé)[5] 세대도 아니잖아요. 그럴 나이는 지났다고요."

이미, 디안은 테이블에 앉아있었다. 이미, 샤를은 루실에게 몸을 기울여 미소 지으면서, 그러나 굳은 얼굴로 무슨 일이냐고 묻고 있었다. 이번엔 루실이 미소를 지어 보이며 아무 말이나 대답을 지어낸 듯했다. 그녀는 상상력이 부족하지 않았다. 게다가 이곳의 모두가 곤경에서 벗어나기 위해서, 자기들의 작은 비밀을 은폐하고 키워가고 보호하기 위해서, 상상력으로 넘쳐났다. 오직 그, 앙투안을 제외한 모두가. 그는 멈칫했다가

---

5 1940년대에 태어난 전후 베이비붐 세대. 문화와 유행에 민감하며 비틀즈로 대표되는 로큰롤 문화를 거침없이 받아들였다.

이윽고 무슨 영문인지 엉트르샤[6] 동작으로 반 바퀴를 돌더니, 성큼성큼 걸어서 떠나버렸다.

---

6 공중에 떠서 양발을 엇갈리게 하는 발레 동작.

14

밖에는 비가 내렸다. 루실은 보도에 부서져 내리는 빗방울 소리를 들었다. 격렬하다기보다는 할 일을 잃은 정원사가 연상되는 애잔하고 무기력한 여름비라고 해야 하리라. 태양은 이미 카펫을 물들이고 있었다. 그녀는 침대에 누워있었다. 잠을 이룰 수 없었다. 심장이 뛰었다. 그것이 쿵쾅거리는 것이, 세찬 박동으로 피를 체내 기관들 끝까지 속속들이 퍼뜨리는 것이 느껴졌다. 손가락 끝이 부풀고, 왼쪽 관자놀이를 화살처럼 통과한 푸른 정맥이 불거지는 것이 느껴졌다. 심장은 도무지 진정되지 않았다. 냉소와 절망이 뒤섞인 이 상태가 두 시간 전부터 계속되고 있었다. 루실과 샤를은 얼굴에서 핏기가 가신 디안과 이 작은 스캔들에 반색하는 대부분의 좌중을 목도하면서 앙투안이 사라졌다는 걸 깨달았고, 그러고 나서 얼마 뒤 프레카틀랑 식당에서 나왔다.

루실은 더는 분노하지 않았다. 그저 앙투안의 행동의 동기를 추측했다. 담비 코트 사건에 보인 앙투안의 시선은 루실에게는 모욕적이었다. 그가 그녀를 돈으로 매수할 수 있는 사람이라고 여기는 것이 느껴졌다. 하지만 어떤 의미로는 사실이 아닐까? 그녀는 샤를에게 얹혀살고 있었고 그가 제공하는 선물에 무감하지 않았다. 선물의 가격보다는 의도에 더 감동하는 것이지만 어쨌든 선물을 수락했다. 그녀는 그것을 부인할 수 없었다. 게다가 능력이 되고 거기에 존경까지 하는 남자의 보호를 받는 것이 자연스럽다고 느낀 만큼, 그것이 부인해야 할 일이라고도 생각하지 않았다. 다만 앙투안은 엄청난 해석의 오류를 범했다. 그는 그녀가 그것 때문에 샤를을 떠나지 않은 거라고 생각했다. 그것 때문에 샤를을 포기하지 못한 거라고. 그는 그녀가 그런 계산이 가능한 여자라고 믿었고, 그녀를 평가했으며, 틀림없이 경멸했다. 그녀는 질투심이 거의 필연적으로 저속한 추론을, 행동을, 판단을 이끌어낸다는 걸 알고 있었다. 하지만 아무리 질투가 났다 해도 그 주체가 앙투안인 건 참을 수 없었다. 그녀는 그들이 도덕적으로 결속되었고, 그들 사이에 어떤 유사성이 있다고 믿었다. 그런데 그의 잘못으로 뒤통수를 맞은 기분이었다.

그녀가 대체 그에게 어떤 말을 할 수 있었을까? '당연히 샤를이 선물을 사왔지, 그게 이 담비 코트고, 기분 좋았어. 당연히 그가 돌아온 이후로 한 침대를 썼지, 이따금 그랬던 것처럼. 당연히 그건 너와 나 사이에 일어난 일, 그 영역과는 아무 상관없는 일이었어. 그 영역, 그건 열정이고 열정은 다른 어떤 것과도 같지 않으니까. 내 몸은 너하고 있을 때만 상상력이 풍부해지고 똑똑해져. 너도 그걸 알 거야.' 그는 그녀를 이해하지 못했다. 이런 종류의 일에서 남자가 여자를 이해하지 못한다는 건, 이미 수천 번이나 알려지고 확인된 통념이었다. 그녀는 여성주의 철학에 빠진 기분이었다. 짜증스러웠다. '내가 디안과의 관계에 대해 물은 적 있어? 난 질투하지 않아. 그런 내가 괴물일까? 그래, 만일 내가 괴물이라면 그걸 내가 어떻게 바꾸겠어? 아무것도 못 바꿔.' 하지만 그녀가 바뀌지 않는다면 앙투안을 잃을 터였다. 이 생각이 그녀를 덜덜 떨게 만들었다. 그녀는 뭍에 던져진 물고기처럼 침대에서 펄떡거리며 경련을 일으켰다. 새벽 4시였다.

샤를이 방으로 들어왔다. 그가 초췌한 얼굴로 침대에 조용히 앉았다. 적나라한 여명에 노출된 그는 곧이곧대로 쉰 살로 보였다. 다소 스포티한 후드 달린 실내 가운도 전혀 도움이 되지 않았다. 그는 루실의 어깨에 손을 얹고서 한동안 움직이지 않았다.

"당신도 잠이 오지 않소?"

그녀는 부인하는 동작을 해 보이고는, 억지로라도 웃으면서 프레카틀랑의 요리 탓을 하려 했으나, 더 이상 그럴 힘이 없었다. 그녀는 눈을 감았다.

"혹시 우리…"

샤를이 입을 떼었다가 잠시 머뭇거리더니, 보다 힘찬 목소리로 말을 이었다.

"여행을 떠나지 않겠소? 혼자 가도 좋고 나랑 함께 가도 좋고. 미디 지방 어떨까? 바다는 당신의 모든 걸 치유한다면서. 늘 그렇게 말했잖소."

그녀는 무얼 치유하느냐고 묻지 않았다. 그가 넌지시 암시를 했다. 굳이 물을 필요가 없었다. 샤를의 권유 속 무언가가 그녀에게 암시를 주었다.

루실은 꿈꾸는 듯한 어조로 되뇌었다.

"미디요… 미디…?"

그녀는 고집스럽게 감고 있는 눈꺼풀 속에서 모랫빛을, 해변에서 바다로 뛰어드는 자신을, 태양이 물러나는 밤을 보았다. 그녀가 좋아하는 모든 것을, 그리워하는 모든 것을.

그녀는 대답했다. "당신이 가능한 대로 함께 떠나요." 그녀는 그를 보기 위해 눈을 떴으나, 그가 고개를 돌렸다. 그녀는 일순 놀랐다가, 이윽고 일종의 오싹함과 함께 자신의 볼을 타고 흐르는 눈물의 뜨거움을 느꼈다.

5월 초순의 지중해 연안, 코트다쥐르 해변엔 사람이 많지 않았다. 호텔과 마찬가지로 해변에서 문을 연 오직 한 군데의 식당은 그들 차지였다. 여드레가 지나자 샤를은 다시 희망이 생겼다. 루실은 태양 아래서 몇 시간씩, 물속에서 몇 시간씩 머무르며 책을 많이 읽었고, 읽은 책에 대해 샤를과 이야기를 나눴으며, 생선구이를 먹어 치우고, 해변의 다른 몇몇 커플들과 카드게임을 즐기며, 행복한 듯 보였다. 아무튼 만족스러워 보였다.

다만 그녀는 밤에 술을 퍼댔다. 어느 날 밤은 샤를과 격렬하게 사랑을 나누었는데, 샤를이 전혀 알지 못하던 공격적인 모습이었다. 그는 그녀의 모든 행동이 희망, 앙투안을 다시 만나리라는 희망에서 비롯되고 북돋워졌다는 건 알지 못했다. 그녀는 앙투안에게 잘 보이려고 태닝을 했고, 그에게 피골이 상접해 보이지 않으려고 음식을 삼켰고, 그와 이야기 나눌 수 있도록 그의 출판사에서 출간된 책들을 읽었다. 그를 잊기 위해, 잠이 들기 위해 술을 들이켰다. 물론 그 희망, 그녀는 그것을 시인하지 않았고, 몸이 반으로 갈라진 체념한 짐승처럼 살았다. 하지만 가끔씩, 뜻하지 않았던 잠시 잠깐에, 절망적으로 사지를 부들거리기를 멈추었을 때, 태양의 열기와 바닷물의 차가움과 모래의 부드러움을 느끼기를 잊었을 때, 앙투안과의 추억이 그녀에게 돌처럼 쿵, 하고 떨어져 내렸고, 그녀는 십자가에 못 박힌 듯 해변에 누워 양팔을 십자 모양으로 벌린 채, 하지만 손바닥에 못 박히는 대신 심장에 날카로운 기억의 투창이 꽂혀서 행복과 절망이 뒤섞인 감정으로 그것을 받아들였다. 그녀는 충격으로 인해 심장이 뒤집히고, 텅 비어버릴 수 있다는 것에 놀랐다. 비어버리는 동시에 시달릴 수 있다는 것에. 이 태양과 이 바다, 나아가 순전히 육체적인 안락이 이토록 중요할 줄이야. 예전엔 그녀의 행복을 그저 보충하던 것들이 이토록 중요할 줄이야. 그땐 함께 나눌 앙투안이 없었기 때문이었다. 여기서 그와 함께 수영하고, 바닷물이 더욱 선명하게 만들어줄 그의 젖은 금발에 매달릴 수도 있었으리라. 파도 사이에서 그에게 키스하고, 여기서 멀지 않은 아직은 한적한 방갈로들 뒤의 모래언덕에서 그를 사랑하고, 저녁엔 그와 꼼짝도 하지 않고서 분홍빛으로 물드는 지붕 위로 날아드는 비둘기들을 바라볼 수도 있었으리라. 시간이 그저 죽여야 할 것이 아닌 다른 것, 애지중지하고 아끼고 지나가지 못하게 할 소중한 것이 될 수도 있었으리라.

루실은 더는 견딜 수 없어지면 슬그머니 일어나 바(bar)로 가서, 긴 의자에 누운 샤를이 그녀를 볼 수 없을 바의 끝단에 자리 잡았다. 그리고는 바텐더의 어렴풋한 조롱의 눈길을 받으며 한두 잔의 칵테일을 순식간에 비웠다. 바텐더는 그녀를 부끄러운 줄은 아는 알코올 중독자로 여겼으리라. 상관없었다. 이러다 결국 알코올 중독자가 될 수도 있었다. 루실은 다시 해변으로 돌아와 샤를의 발치에 누워 눈을 감았다. 태양이 하얗게 변했다. 살갗을 감싸는 태양의 열기와 살갗 밑으로 흐르는 알코올로 인한 열기가 더는 구분되지 않았다. 루실의 덮인 눈꺼풀 속에선 흐려진 앙투안, 뿌연 앙투안, 더 이상 그녀를 고통스럽게 할 수 없는 무기력한 앙투안만이 보였다.

몇 시간 뒤 그녀는 거의 식물성에 가까운 동물적 자율권을 회복했다. 이제는 겨우 숨은 쉴 수 있게 되었다. 샤를은 행복해 보였다. 그것만으로도 이미 대성공이었다. 루실은 샤를이 플란넬 바지에 모카신을 신고서 셔츠 깃 위엔 세심하게 접은 스카프를 두르고 남색 블레이저를 걸친 차림으로 걸어오는 것을 보면서, 앙투안 생각을 세차게 밀어냈다. 풀어 헤쳐진 셔츠 사이로 보이는 앙투안의 가슴, 좁은 엉덩이와 낡은 면바지로 감싼 기다란 다리와 맨발, 그리고 눈을 찌르는 헝클어진 머리칼을.

루실은 그간 젊은 남자들도 당연히 만났다. 그녀는 앙투안을 그의 젊음 때문에 사랑하는 것이 아니었다. 그녀는 그가 금발이어서 사랑하고 청교도적이어서 사랑하는 것처럼, 그여서 사랑했다. 그가 관능적이어서 사랑하고, 그녀를 사랑해서 사랑하고, 아마도 지금은 그녀를 사랑하지 않아서 사랑하는 것처럼. 그렇게 돼버렸다. 그녀의 사랑은 그렇게, 그녀와 태양과 안락한 삶과 심지어 사는 맛 사이에 장벽처럼 놓였다. 사실 그녀는 부끄러웠다. 행복은 그녀의 유일한 도덕이었고 불행은, 그것이 스스로 부과한 것인 이상(게다가 그녀는 사회의 다른 구성원들이 그러는 것을 평생 이해하지 못하고 나아가 끊임없이 나무라곤 했었다) 변명의 여지가 없어 보였다.

'이제 나는 대가를 치르는구나.' 루실은 혐오감을 느끼며 생각했다. 생에 빚지고 있다고 생각해본 적이 없으나, 당대의 사회적, 도덕적 금기는 그녀를 잠식해버렸다. 다른 이들은 천 번도 더 직시했으나 그녀는 부끄러운 병이라도 되는 양 늘 조금은 물러서있었건만. 인생을 망치게 되는 것에 대한 전반적인 근심이 깊어졌고, 그런 만큼 혐오감도 깊었다. 그녀는 고통이라는 병을 얻었다. 이 고통은 어떤 달콤함도 끼어들지 못하는 고통이었고, 가장 불쾌한 방식의 고통 중 하나였다.

샤를은 파리로 돌아가야 했다. 루실은 기차역까지 그를 배웅 나가서 얌전히 지내겠다고 약속한 뒤, 다정하게 굴었다.

그는 엿새 뒤에 돌아올 것이며 저녁마다 전화하겠다고 말했고, 실제로 그렇게 했다. 하지만 닷새째 날, 오후 4시에 전화벨이 울리고 루실이 무심하게 수화기를 들었을 때 들려온 것은, 앙투안의 목소리였다. 그녀가 그를 못 만난 지 보름째였다.

15

프레카틀랑에서 나온 앙투안은 미치광이처럼 혼잣말을 중얼거리며 불로뉴 숲을 걸어서 통과했다. 디안의 운전기사가 따라서 달려 나오며 모셔다드리겠다고 제안했으나, 앙투안은 놀랍게도 그에게 5천 프랑을 건네며 웅얼거렸다. "받으세요, 그동안의 세월에 대한 보답이에요. 많진 않지만, 제가 가진 전부입니다." 앙투안은 그만큼 디안과 끝내고 싶다는 욕구가 강력했고, 모두에게 알려야 한다고 생각했다. 그랑드아르메 대로를 성큼성큼 거슬러 올라가다가, 열성적으로 달려드는 매춘부에게 당신 같은 여자들이라면 알만큼 안다고 말해주었다. 그는 몇 발자국을 떼었다가 매춘부에게 사과하기 위해 가던 길을 되돌아왔다. 여자는 아마 다른 사람에게 위로를 받았는지, 사라지고 없었다. 앙투안은 여자를 찾느라 30분을 허비한 뒤, 샹젤리제 거리의 술집에 들어가 취하려다가, 다른 술꾼과 모호한 정치 얘기로 가벼운 시비가 붙었다. 실은 불행한 술꾼이 고집스레 주크박스를 독차지하고 있었고, 앙투안은 앙투안대로 루실과 함께 듣고 흥얼거리고 춤추던 음반을 스무 번이나 틀고자 시도한 것이 원인이었다. 그는 생각했다. '지금 내가 정말 불행하거든, 양보 좀 합시다.' 결국 주크박스 쟁탈전에서 승리한 앙투안은 좌중의 전반적인 경악 속에서 같은 음반을 여덟 번이나 돌아가게 한 뒤, 무일푼이었던 까닭에 바텐더에게 신분증을 맡겨야 했다. 그는 새벽 3시에 녹초가 되어 집으로 돌아왔다. 새벽 공기에 술이 깨어 정신은 말짱했다. 한마디로 그는 젊은 남자였다. 이따금 불행 또한 희열감이 가져다주는 것과 유사한 힘과, 활력과, 일종의 열의를 북돋는다.

아파트 문 앞에 디안의 차가 서있었다. 디안은 그 안에 앉아있었다. 앙투안은 멀리서 롤스로이스를 알아보고서 오던 길을 되돌아가려다가, 사모님의 애인이 이제나저제나 돌아오기를 기다리고 있을, 잠에 굶주린 운전기사를 떠올리며 마음을 고쳐먹었다. 그가 차문을 열자, 디안이 잠자코 내렸다. 그녀는 차 안에서 화장을 고친 터였다. 새벽빛을 받은 탓에 입술이 지나치게 새빨개 보이면서도 공들여 완성한 무심한 표정에 젊음과 일탈과 오류의 새로운 표정이 추가되었다. 아닌 게 아니라 그녀는 스스로 생각해도 2년 전부터 앙투안에게 홀딱 빠져있는 오류를 범한 것과 마찬가지로 이 새벽에 애인을 득달같이 찾아오는 오류를 범했다. 다만 지금까지는 완고하지만 신중한 인생을 그린 영화의 배경음악처럼 잔잔하게 울렸던 이 오류가, 지금 이 순간은 잔인하고 돌이킬 수 없는 터질 듯한 북소리가 되어있었다. 그녀는 차에서 내리는 자신을 보았고, 앙투안이 내미는 손을 잡는 자신을 보았으며, 그녀에게는 낯설고 끔찍한 이 역할, 바로 버려진 여자의 역할을 맡기 전 얼마간이나마 여전히 사랑받는 여자의 역할을 유지하기 위해 마지막 안간힘을 다하는 자신을 보았다. 그녀는 운전기사를 돌려보내면서 기이한 미소를 지어 보였다. 마치 그가 자신의 마지막 행복을 함께 지킨 소중한 증인임을 인식하는 듯한 공모자의 미소였다.

그녀는 말했다.

"내가 방해가 됐나요?"

앙투안은 고개를 저었다. 그는 그녀에게 방문을 열어주고는 안으로 사라졌다. 그녀가 이곳에 온 건 이번이 두 번째였다. 첫 번째 방문은 그들이 서로를 막 알게 되고 나서였다. 디안은 이 서툴고 옷차림도 초라한 젊은 남자의 집에서 첫날밤을 보내며 재밌어했다. 그 뒤로 그녀는 그에게 캉봉 가에 위치한 자신의 화려하고 호사스런 아파트의 커다란 침대를 내주었다. 이제 그녀는 이 허술한 침대에서 잠을 자고 이 보기 흉한 의자 위에 자신의 옷을 접어두기 위해 못할 일이란 없었다. 앙투안이 덧문을 닫고서 빨간색 전등을 켜고는 한 손으로 얼굴을 쓸어내렸다. 수염이 거뭇해진 까칠한 얼굴이 단 몇 시간 만에 부쩍 여위어 보였다. 한마디로 걸인 같았다. 슬픔은 사람을 쉽사리 그런 얼굴로 만들어버린다. 디안은 앙투안에게 무슨 말이 하고 싶었는지 더는 기억하지 못했다. 그가 서둘러 연회장을 떠나버린 뒤 그녀는 똑같은 문장을 곱씹어왔다. '설명을 들어야 해.' 하지만 그가 대체 무슨 설명을 해야 한단 말인가? 누구에게든 무슨 의무가 있단 말인가?

그녀는 침대에 매우 꼿꼿하게 앉아있었는데, 그대로 드러누우며 이렇게 말하고 싶었다. '앙투안, 그냥 당신이 보고 싶었을 뿐이에요. 걱정됐거든요. 나 이제 졸려요. 우리 같이 자요.' 하지만 앙투안은 방 한가운데 서서 그저 기다릴 뿐이었다. 상황을 명확히 밝히려는, 요컨대 그녀를 무너뜨리고 지독하게 고통스럽게 만들려는 태도였다.

그녀는 말했다.

"식당에서 너무 빨리 떠나버린 거 아닌가요?"

"미안해요."

그들은 무대에 선 두 배우처럼 말했다. 그는 그렇다고 느꼈고, 그녀에게 - 불쾌하지만 필수불가결한 대사를 말하듯 - '우리 사이는 완전히 끝났어요'라고 말하기 위해서, 호흡을 가다듬고 체력을 끌어모으며 기다렸다. 차라리 디안이 그를 나무라고 루실을 들먹거렸으면 하는 어렴풋한 바람마저 들었다. 그러면 그도 분노로 충분히 거칠어질 수 있을 터였다. 하지만 디안은 모든 것을 체념한 듯 유순하게, 거의 두려워하는 표정을 짓고 있었다. 그는 문득 자신이 그녀에 대해 아는 것이 전혀 없고, 그녀를 알기 위해 어떤 노력도 기울여본 적이 없다는 생각을 하며 오싹해했다. 어쩌면 그녀는 그가 늘 짐작해왔던 존재, 요컨대 좋은 애인이면서 이해할 수 없는 존재로서가 아닌 다른 존재로서 그에게 애정을 쏟았는지도 몰랐다. 그는 오직 그녀의 충족된 관능과 상처 입은 허영심(그는 다른 수컷들처럼 그녀 마음대로 주물러지지 않았기 때문이다)만이 그녀가 그에게 애착을 갖는 핵심적 요인이라고 생각해왔다. 혹여 다른 것이 있다면? 디안이 느닷없이 울음을 터뜨리기라도 한다면? 하지만 있을 수 없는 일이었다. 디안의 전설, 그 철옹성 같은 권세와 오만함에 대한 전설은 파리 전체에 깊이 뿌리 내린 바, 그도 숱하게 들어온 터였다. 잠시 동안, 그들은 서로에 대해 전혀 모르는 기분이었다.

그녀가 핸드백을 열어 금빛 파우더를 꺼내더니 얼굴을 톡톡 두드리며 화장을 고쳤다. 허둥대는 여자의 태도였으나 앙투안에게는 메마른 여자의 태도로 느껴졌다. '하긴, 루실도 날 사랑하지 않잖아. 아무도 날 사랑하지 않겠지.' 불행했던 그는 자학적 믿음으로 결론을 짓고는 담배에 불을 붙였다.

앙투안이 벽난로에 성냥을 거칠게 던졌다. 디안은 이 성마르고 초조해하는 동작을 권태 탓이라 여겼다. 그러자 분노가 치밀었다. 그녀는 앙투안에 대한 사랑을 잊었고, 그를 향한 열정을 잊었다. 그러니까 연회가 한창일 때 이렇다 할 특별한 이유 없이 친구들이 보는 앞에서 애인에게 버려진 여자 디안 메르벨에 관한 걱정, 오직 자신에 대한 걱정뿐이었다. 이번엔 그녀가 덜덜 떨리는 손으로 담배를 집어 들었다. 그가 성냥을 건넸다. 담배 연기는 매캐하고 지독했다. 그간 담배를 너무 많이 피웠다. 그녀는 돌연 어느 순간부터 머릿속을 어지럽히던, 종잡을 수 없는 이 난잡하고 다중적인 소음이 단순히 길가에서 새들이 지저귀는 소리였다는 걸 깨달았다. 새들이 태양과 함께 깨어나 파리에 드리우는 첫 햇살에 기뻐 날뛰며 서로에게 인사를 보내는 거였다. 디안은 앙투안을 똑바로 쳐다보았다.

"왜 그렇게 서둘러 도망친 건지 이유를 알 수 있을까? 아니면 그러거나 말거나 내가 상관할 일이 아닌가요?"

"알려드리죠."

앙투안이 말하고는 그 역시 디안을 똑바로 쳐다보며 미간에 힘을 주었다. 그녀가 처음 보는 이 찌푸린 인상이 그의 입술까지 일그러지게 만들었다.

"내가 루실을 사랑하거든요…. 루실 생레제를요."

그는 어리석게도 마치 어떤 혼동도 있을 수 없다는 듯 마지막 말을 덧붙였다.

디안이 눈을 내리깔았다. 그녀의 핸드백 위쪽이 살짝 뜯겨 있었다. 그녀는 이 찢긴 흔적에서 고집스레 눈을 떼지 않으며 오직 그것만을 보았고, 그것에 정신을 집중하려 노력했다. "언제 이랬지?" 그녀는 기다렸다. 심장이 다시 박동하기를, 햇빛이 환하게 쏟아지기를, 무엇이 됐든 전화든 핵폭탄이든 거리에서 들려오는 고함이든, 그녀의 소리 없는 비명을 덮을 무언가를 기다렸다.

그녀는 말했다.

"그랬군…. 나한텐 좀 더 일찍 알려줄 수는 없었나요?"

"나도 미처 깨닫지 못했거든요. 확신이 없었죠. 난 그냥 내가 질투하는 걸로 알았어요. 그런데 이젠 루실은 날 사랑하지 않아요, 그걸 알았고, 그래서 나는 영원히 불행할 거고요…."

말이 봇물처럼 터져 나왔다. 앙투안이 누군가에게 루실에 대해 이야기하는 건 이번이 처음이었고, 그는 이것에 고통스런 달콤함을 느꼈다. 하지만 지극히 남성적인 무사안일로 자신의 대화 상대가 디안이라는 걸 잊었다. 게다가 이 여자는 오직 한 단어, '질투'에 집중했다.

"왜 질투를 하죠? 질투는 자신이 가진 것에 대해 하는 거잖아. 당신이 당신 입으로 나한테 두 번이나 설명했었는데… 혹시 루실과 연인 관계였어요?"

그는 말문이 막혔다. 디안은 분노가 머리끝까지 치밀며 폭발했다.

"그러니까 샤를 블라상스 리니에르를 질투한 거예요? 아니면 그 애송이가 혹시 다른 애인들이 두세 명 더 있는 건가요? 어쨌든 당신 혼자 그 아이를 부양하긴 벅찰 테니까요, 혹시 이 사실이 당신한테 위안이 되나?"

앙투안은 단호하게 대꾸했다.

"그건 문제가 아니에요."

문득 그 자신이 네 시간 전에 그랬던 것과 똑같은 방식으로 루실을 매도하는 디안이 증오스러웠다. 그는 디안이 루실을 경멸하지 못하게 막았다. 디안에게 진실을 고백하며, 그만 가달라고, 프레카틀랑에서 눈가에 눈물이 그렁그렁하던 루실을 추억하며 혼자 있고 싶다고 말했다. 루실은 그가 단순히 손목을 세게 잡아서 울었던 것일까, 아니면 그에 대한 애정 때문에?

디안이 멀리서 들려오는 듯한 목소리로 물었다.

"둘이 어디서 만났죠? 여기서?"

"그래요. 오후 시간에."

앙투안은 사랑을 나누던 루실의 얼굴을, 몸을, 목소리를, 그가 어리석고 완고해서 잃어버린 그 모든 것을 떠올렸다. 스스로를 후려치고 싶었다. 이제 더는 계단을 올라오는 루실의 발소리를 들을 수 없을 것이고, 황홀하고 뜨거운 오후도 없을 것이며, 성스럽고 전투적인 부둥킴도, 아무것도 없을 터였다. 그가 디안 쪽으로 내미는 얼굴이 어찌나 꿈꾸는 듯하고 열정적이었던지, 디안은 지레 뒤로 물러났다.

그녀는 말했다.

"당신이 날 사랑한다고는 생각하지 않았어요. 하지만 나에 대해 어느 정도 존중심은 있는 줄 알았죠. 그런데…"

앙투안이 디안에게 이해할 수 없다는 듯한 시선을 던졌다. 그녀는 그 시선 속에서 확고부동한 남성적 세계, 즉 남자는 사랑하지 않는 애인을 존중할 수 없는 세계를 발견했다. 물론 그는 그녀의 비위를 맞추었고, 그녀에 대해 일정한 경의도 느꼈을 것이다. 하지만 본능적으로, 내심으로, 그에게 그녀는 최악의 상태에 놓인 섹스 파트너에 불과했다. 왜냐하면 그녀는 지난 2년간 사랑해달라고 한다거나 사랑한다는 말을 하기를 강요하지도 않았고, 자신 또한 그에게 사랑한다는 말을 하지 않고서 그와 함께 사는 걸 받아들였기 때문이다. 디안은 앙투안의 황금색 시선에서 사랑의 장면과 탄성에 굶주리고, 사랑의 말에 굶주린 거칠고 감상적이고 맹목적인 어린아이를 뒤늦게 발견했다. 침묵이라든지 우아함은 젊은이들에게는 사랑의 증거가 아니었다. 동시에 그녀는 만일 자신이 마음이 시키는 대로 이 침대에서 그에게 애원하면서 데굴데굴 구른다면, 그가 기겁할 것이고 혐오감마저 느끼리라는 걸 알았다. 그는 그녀가 2년간 고집스레 유지한 이미지에 익숙했고, 다른 사람을 바라지 않았다. 정말이지 그녀는 고개를 빳빳이 치켜들기 위해 값비싼 대가를 치른 셈이었다. 하지만 그녀가 이 순간, 침대에 똑바로 앉아 여명을 받으며 꼿꼿이 유지하고 있는 이 자존심, 그녀가 잠시 존재를 잊었던 사교적 인물로서의 그녀 안에 내재된 이 자존심이야말로 이제부터 그녀의 가장 가깝고도 친근하고도 소중한 지원군이 될 터였다. 문득 30여 년간 단련한 승마 덕분에 버스 밑을 유연하게 빠져나올 수 있었다는 걸 발견한 타고난 기수처럼, 그녀는 놀라움을 금치 못하며 자신의 자존심이 자신을 구하는 것을 목도했다. 무시되었거나 잘못 사용되었던 이 정신적 자산은 최악의 상황을, 다시 말해 앙투안이 그녀를 더는 사랑하지 않는 것에 대해 스스로도 용납할 수 없는 행동을 하게 되는 것을 차단했다.

디안은 차분한 목소리로 말했다.

"그런데 왜 오늘은 그런 얘기를 나한테 하는 거지? 관계를 계속해서 오래 끌었을 수도 있었을 텐데? 난 전혀 모르고 있었어요. 아니면 단순히 믿지 않았거나."

앙투안이 대답했다.

"거짓말을 하기에는… 내가 지금 몹시 불행한 상태라서요."

그는 당혹감 속에서 자신이 진실을 말했음을 깨달았다. 루실을 이튿날 만날 수 있다거나 그녀가 그를 사랑한다는 확신이 있었을 때는 밤새도록 디안에게 거짓말하며 그녀를 위로하고 달랠 수 있었다. 행복이 모든 걸 가능하게 했다. 순간 그는 루실을, 그녀의 편의주의를, 지난주 내내 그가 맹렬히 비난했던 그녀의 은폐를 이해했다. 하지만 너무 늦었다. 그는 그녀에게 깊은 상처를 입혔고, 그녀는 더 이상 그를 원하지 않았다. 그런데 이 다른 여자는 대체 그의 집에서 뭘 하는 것일까? 디안은 그의 생각을 알아차리고는, 무분별한 공격을 가했다. 그녀는 차분하게 말했다.

"그럼 당신의 그 소중한 사라는 이제 어떻게 되는 거지? 이제는 영영 죽게 되나요?"

앙투안은 대답 없이, 성난 눈초리로 디안을 노려보았다. 디안은 좀 전에 그가 보였던 멀게 느껴지는 우정 어린 시선보다 지금의 이 시선이 훨씬 좋았다. 그녀는 최악을 향해, 몰이해와 악의와 용서받을 수 없는 길을 향해 직진했고, 그것에 안도했다.

마침내 그가 입을 열었다.

"이제 그만 가는 게 좋겠어요. 당신과 안 좋게 헤어지고 싶지 않아요. 당신은 나한테 늘 잘했으니까요."

디안은 침대에서 일어서며 말했다.

"난 누구한테도 결코 잘했던 적이 없어요. 당신도 그저 몇몇 상황에서 내 마음에 들었던 것뿐이에요. 그게 다예요."

디안이 앙투안 앞에 꼿꼿이 서서 그를 정면으로 응시했다. 그는 그녀가 그의 품에 안겨 눈물을 흘릴 수 있도록, 스치는 추억과 회한에 잠긴 얼굴을 해야만 하는 것인지 알 수 없었다. 하지만 이내 그러지 않은 걸 후회하지 않았다. 그녀는 잠자코 한 손을 내미는 데 그쳤고, 그 손을 향해 무의식적으로 몸을 기울이는 그를 바라보았을 뿐이었다. 그의 금발 목덜미를 마지막으로 바라보는 그녀의 표정에 광포한 고통이 어렸다. 앙투안이 고개를 들자 그의 목덜미가 사라졌다. 디안은 웅얼거렸다. "잘 있어요." 그녀는 문에 살짝 부딪히며 방을 나선 뒤 계단에 들어섰다. 앙투안의 집은 4층이었고, 그녀가 더럽고 축축한 복도의 벽지에 저 유명한 얼굴과 이제는 쓸모없어진 아름다운 손을 기댄 것은, 2층에 이르렀을 때였다.

16

앙투안은 보름을 혼자서 보냈다. 많이 걸었고, 누구와도 이야기하지 않았다. 길에서 우연히 마주친 디안의 지인들이나 친구가 그를 투명인간 취급하며 무시하는 것에도 놀라지 않았다. 그는 게임의 법칙을 알고 있었다. 그는 디안과 결별하면서 디안에 의해 인도되었던, 애초에 그의 것이 아닌 세계에서 자동적으로 배제되었다. 그것이 규칙이었다. 어느 저녁에 마주친 클레르가 건성으로 보여준 친절이 그나마 최대치로 보였다. 아무튼 그녀는 앙투안에게 루실과 샤를이 생트로페에 있다고 알려주었고, 그가 그 사실을 모르고 있다는 것을 알고도 그다지 놀라는 기색이 아니었다. 그가 한 여자를 포기하면서 다른 여자도 영영 잃은 것이 명백해 보였다. 그렇게 생각하자, 비록 최근 들어 웃고 싶은 기분이 점점 줄어드는 것에도 불구하고 그는 설핏 웃고 싶은 기분이 들었다. 기욤 아폴리네르의 어느 시구가 머릿속을 맴돌았다.

나는 아름다운 파리의 거리를, 이곳에서 죽고 싶은 마음 없이 헤맨다. 버스 떼들이 울음소리를 낸다⋯

다음 구절은 기억나지 않았으나, 그는 굳이 찾으려 들지 않았다. 푸른빛과 황금빛이 어우러진 파리가 몽롱하고 비통한 아름다움을 풍기는 건 사실이었다. 이곳에서 살고 싶은 마음이 없는 만큼 죽고 싶은 마음 또한 없는 것도 사실이었다. 루실은 앙투안에게도 굉장히 좋아한다고 이야기하곤 했던 지중해에 가 있었다. 그곳에서 새로이 행복할 터였다. 그녀는 천성적으로 그런 여자였기 때문이다. 어쩌면 샤를 몰래, 그 지역의 젊고 잘생긴 남자와 만나고 있을지도 몰랐다.

디안은 젊은 쿠바인 외교관을 달고 다녔다. 발레 공연 오프닝에 참석한 매력적인 그들 커플의 사진을 신문에서 보았다. 앙투안 자신은 책을 읽으며 날을 보냈다. 술은 마시지 않았고, 이따금씩 밤에 루실을 생각하며 침대에서 분노로 몸을 뒤틀곤 했다. 그 모든 것이 그에겐 명백히 운명처럼 여겨졌다. 어떤 희망도 없었다. 아무리 기억을 더듬어도 희망을 가질만한 어떤 이유도 없었다. 그에게 남겨진 유일한 기억이란 루실의 쾌락과 그 자신의 쾌락이었으나, 그마저도 그를 안도하게 하기보다는 번민하게 했다. 상대방이 느끼는 쾌락의 강렬함에 대해서는 절대적인 확신을 가질 수 없는 법이기 때문이다. 게다가 이 강렬함을 다른 이에게서도 똑같이, 혹은 그 이상으로 느낀 적이 없었던 경우에는 더더욱. 그에겐 관능에 있어서 그 누구도 루실을 대체할 수 없었으나, 루실도 그와 같으리라고는 기대할 수 없었다.

그는 그가 늦게 돌아왔을 때 겁에 질렸던 루실의 얼굴을 때때로 기억해냈고, 그녀의 이 말, "있잖아, 난 널 영원히 사랑해"를 떠올렸다. 하지만 그것도 잠시, 이내 자신에게 찾아온 기회를 놓쳤다는 회한에 휩싸였다. 루실의 육체보다 정신에 더 집중했어야 했다. 그는 그녀를 육체적으로는 소유했으나, 인간으로서는 완벽하게 놓쳤다. 물론 그들은 함께 웃었고, 웃음은 사랑의 고유한 특성이지만 그것만으로는 충분치 않았다. 프레카틀랑에서 눈물이 차오른 루실의 눈을 본 순간 화가 머리끝까지 치민 그를 엄습했던 그 기이한 향수를 되새기면서, 그는 비로소 깨달았다. 서로를 진정으로 사랑하는 남자와 여자에게 그들이 쾌락으로 맺어지고, 웃음으로 맺어진 것만으로는 충분치 않다는 사실을. 그들은 고통으로도 맺어져야 했다. 그녀가 그와 다른 의견을 내세울 수도 있는 거였다. 하지만 이제 그녀는 더는 그에게 다른 의견을 내세우지 않을 터였다. 떠나버렸으므로. 그는 머릿속에서 스무 번이상 그녀와 나누던 대화나 해명을 별안간 그만두었고, 별안간 의자에서 일어섰으며, 별안간 걸음을 멈추었다. 이 패턴은 끊임없이 되풀이되었다.

보름째 되는 날, 그는 휴가 중인 조니와 마주쳤다. 조니는 플로르 카페[7] 주변을 어슬렁거리다가 앙투안을 발견하자 반색하는 눈치였다. 그들은 플로르 카페의 테이블에 앉아 위스키를 홀짝였다. 앙투안은 조니가 친구들이 인사를 보낼 때마다 허세를 부리며 화답하는 모습을 재미있어하며 지켜보았다. 그는 자신이 금발이라는 걸 인식하듯이 미남이라는 걸 인식했고 그 사실에 무덤덤했다.

어느 순간, 조니가 물었다.

"루실은 어떻게 지내요?"

"나야 전혀 모르죠."

조니가 낄낄거리기 시작했다.

"나도 알아요. 헤어지길 잘한 거예요. 루실은 매력적이지만 위험한 여자예요. 결국 알코올 중독자가 되고 말 거라고요. 거기에 샤를이 그저 오냐오냐해주는."

"왜 그렇게 생각하죠?"

앙투안은 어조에 각별히 신경을 썼다. 무심하게 보이려고 정성을 들여 계산했다.

"술을 퍼마시기 시작했거든요. 내 친구 하나가 해변에서 비틀거리는 걸 봤대요. 당신은 짐작했겠지만."

---

7 사르트르, 시몬 드 보부아르 등 실존주의 철학자들이 드나들었던 카페.

조니가 앙투안의 표정을 보며 낄낄거렸다.

"아니, 뭐예요, 설마 루실이 당신한테 미쳐있다는 걸 모르는 건 아니겠죠? 아무것도 모르는 사람이 스무 발자국 떨어진 곳에서 딱 봐도 훤히 알 수 있는 걸 말이에요. 대체 무슨 일이에요?"

앙투안은 크게 웃었다. 도무지 웃음이 그쳐지질 않았다. 그는 미치도록 행복했고 미치도록 부끄러웠다. 너무 어리석었다. 너무도 어리석었었다. 당연히 루실은 그를 사랑했다. 당연히 그를 생각했다. 어떻게 두 달 동안 둘이서 그토록 행복했으면서 그녀가 그를 사랑하지 않는다고 생각할 수 있었던 것일까? 그는 어떻게 그토록 비관적이고 이기적이고 분별없을 수 있었을까? 그녀는 그를 사랑했다. 그녀는 후회했고, 그래서 몰래 술을 마시고 있었던 것이었다. 어쩌면 그는 보름 동안 그녀 생각만 했는데도, 정작 그녀는 그가 자기를 잊었다고 생각하고 있을지도 몰랐다. 어쩌면 그녀는 그, 앙투안의 뿌리 깊은 어리석음 때문에 불행해하고 있을지도 몰랐다. 속히 그녀를 찾으러 가야 했다. 가서 모든 걸 설명하고, 그녀가 원하는 모든 걸 하리라. 그녀를 품에 안고서 용서를 구하고, 몇 시간이고 키스하리라. 그런데 생트로페가 어디에 붙어있더라?

앙투안은 자리에서 일어났다. 조니가 말했다.

"아니, 대체 왜 그래요? 진정해요. 미친 사람처럼 좌불안석이니."

"미안해요. 당장 전화 좀 해야겠어요."

앙투안은 집까지 달려가, 생트로페가 위치한 바르 지역의 자동전화 연결법 설명에 늑장을 부리는 체신부 직원과 시비를 벌인 뒤, 세 군데의 호텔에 전화를 넣은 결과, 5층에 묵는 루실 생레제 양은 해변에 나가있지만 돌아올 거라는 답변을 들었고, 그녀가 들어오는 대로 전화 연결을 신청한 다음, 침대에 자리 잡고서 원탁의 기사 랜슬롯이 노상 칼자루에 손을 대고 있듯, 수화기에 손을 댄 채로 두 시간이고 여섯 시간이고 평생토록이고 간에, 태어나서 가장 행복해하며 전화를 기다렸다.

오후 4시, 전화벨이 울렸다. 그는 수화기를 집어 들었다.

"루실? 앙투안이야."

"앙투안."

루실이 꿈을 꾸는 것처럼 되뇌었다.

"우리… 좀 만났으면 해. 내가 거기 가도 될까?"

"그래, 언제?"

루실의 목소리는 비록 차분했지만 앙투안은 이 단답형의 대답에서 지난 보름 동안 그녀를 고문하고 뒤흔들고 학대했던, 저 추악하고 잔인한 열패감과 그로 인한 후퇴 본능을 감지했다. 그는 침대에 놓인 자신의 손을 보면서 그 손이 떨지 않는 것에 놀랐다. 그는 말했다.

"비행기가 있을 거야. 당장 출발할게. 니스까지 데리러 와줄 수 있어?"

"그래, (그녀는 대답하더니 머뭇거리다가 덧붙였다) 집이야?"

그는 수화기에 대고 세 번이나 그녀의 이름을 불렀다.

"루실, 루실, 루실…."

그러고는 집이라고 대답했다.

"얼른 와."

루실은 이렇게 말하고는 전화를 끊었다.

그 순간 앙투안은 루실은 어쩌면 샤를과 함께 있을 것이고 자신은 비행기를 탈 수단이 없다는 데 생각이 미쳤다. 하지만 중요한 문제가 아니었다. 그는 행인의 주머니를 털 수도 있었고, 샤를을 죽일 수도 있었으며, 보잉 여객기를 조종할 수도 있었다. 저녁 7시 30분, 그는 실제로 프랑스 남부 리옹의 상공 위를 날고 있었고, 그가 조금이라도 원했다면 스튜어디스의 도움으로 조종석에 들어가볼 수도 있었으리라.

전화를 끊은 루실은 책을 덮고 옷장에서 스웨터를 꺼낸 다음 샤를이 렌트한 차의 열쇠를 집어 들고서 로비로 내려갔다.

그녀는 호텔 입구에서 거치적거리던 거울에 비친 자신의 모습에 놀라며, 불치병인 줄 알았는데 어느 날 갑자기 병이 나아서 퇴원한 중환자를 대하듯 모호하고 찰나적인 미소를 지어 보였다. 각별히 조심하며 운전해야 했다. 도로 곳곳에 커브길이 포진해있는 데다, 길도 고르지 않았다. 부주의한 개라든가 운전자라든가, 물리적인 사고가 앙투안과 그녀 사이에 끼어들게 해선 안 되었다. 그녀는 마취된 듯 자기 자신도 잊고서, 공항에 닿을 때까지 오직 그 생각뿐이었다. 6시에 도착할 예정인 파리발 여객기가 있었다. 앙투안이 이 여객기에 탑승했을 가능성은 전혀 없었음에도 루실은 출구에서 기다렸다. 다음 비행기는 8시에 도착할 예정이었다. 루실은 범죄 소설을 한 권 구입한 뒤 바에 자리 잡고서 읽으려 했으나 아무리 애를 써도 이 사설탐정 주인공에게 무슨 일이 닥친 건지 이해할 수 없었다. 명민한 사설탐정이었으나 지금으로서는 루실의 관심을 끌기엔 역부족이었다. 그녀는 '무거운 행복감'이라는 표현을 알고는 있었으나, 이제껏 그 진실성을 실감해볼 기회가 없었다. 이제 루실은 지치고 녹초가 되고 너덜해진 기분을 느끼며 놀랐고, 이러다가 8시가 되기도 전에 이 의자 위에서 기절하거나 잠드는 것은 아닌지 두려웠다. 그녀는 종업원을 불러 8시 비행기에서 내리는 누군가를 기다리고 있노라고 알렸고, 이것이

이 남자에게 치졸한 호기심을 불러일으킨 듯했다. 아무튼 행여 그녀에게 무슨 일이라도 생긴다면 종업원이 앙투안에게 알리기로 얘기가 되었다. 하지만 도대체 무슨 수로? 방법은 그녀로서도 알 길이 없었지만 그녀는 나약하고 어안이 벙벙한 이 새로운 인물, 마침내 그녀 자신이 되고 만 이 행복한 인물을 보호하기 위해 가능한 한 만전을 기하고 싶었다. 심지어 그녀는 테이블을 바꿔 앉기까지 했다. 원래 자리 위에 걸린 큼직한 괘종시계가 위태로워 보인 데다 그 밑에서는 안내방송도 들리지 않았기 때문이다. 그녀는 책장을 넘기며 소설 속에 등장하는 불길한 신호들에 유의했다. 마침내 한 여자가 마이애미 병원에서 눈물이 그렁그렁한 채로, 부상당했으나 의기양양한 사설탐정을 부둥켜안으며 소설은 끝이 났건만, 시간은 아직 7시밖에 되지 않았다. 1시간, 두 달, 30년이 지나서야 앙투안이 탑승객 중에서 맨 처음 모습을 드러냈다. 여행가방 없이 맨 가장자리 통로 쪽에 있었기 때문이다. 앙투안이 루실을 향해 걸음을 옮기는 동안, 그녀는 그가 몰라볼 만큼 여위었고 창백하며 추레한 행색이라고 생각했다. 동시에 똑같이 객관적이고 초연한 의식으로 자신이 그를 사랑한다는 사실을 인정했다.

그가 쭈뼛거리며 그녀에게 다가왔고, 그들은 시선을 회피하며 악수를 나눈 뒤, 잠시 머뭇거리다가 출구로 향했다. 그가 그녀에게 얼굴이 구릿빛이 되었다고 중얼거렸고, 그녀는 자신의 목소리가 힘차기를 희망하면서 좋은 여행이었기를 바란다고 했다. 그들은 차에 올랐다. 앙투안이 운전석에 앉았고, 루실은 시동장치가 있는 곳을 알려주었다.

밤공기가 뜨거웠다. 바다 냄새가 휘발유 냄새에 섞여들었고, 공항의 종려나무들이 산들바람에 살랑거렸다. 그들은 어디로 가는지도 모른 채로 별말 없이 몇 킬로미터를 달렸다. 이윽고 앙투안이 갓길에 차를 세우더니 루실을 와락 안았다. 그는 키스하지 않았다. 그저 그녀를 품에 안고서 그녀의 볼에 자신의 볼을 맞대기만 했다. 그녀는 안도감에 울음을 터뜨릴 뻔했다. 그가 매우 다정하고 매우 나직하게, 마치 어린애를 달래듯 말했다.

"샤를은 어디 있어? 이젠 샤를한테 얘기해야 돼."

"응, 파리에 있어."

"오늘 밤에 기차를 타자. 밤 기차가 있을 거야, 그렇지? 칸 역에서 타자."

루실은 그러자고 수긍하고는 그를 찬찬히 살피기 위해 몸을 약간 뒤로 젖혔다. 그리고 마침내 그의 눈과 입술 모양을 들여다보았다. 그가 고개를 숙여 그녀에게 키스했다. 칸 역에 도착하니 침대칸이 남아있었다. 밤새, 그들의 뒤엉킨 얼굴들 위로 열차의 울부짖음과 조명 빛들이 어른거렸다. 더러 열차가 철컹거리며 기차역에 정차할 때면, 철도원이 쇠막대로 바퀴 상태를, 파리로 향하는 그들의 여로를, 그들의 운명을 점검했다. 속력은 그들의 쾌락을 증폭시켰다. 열차가 미친 듯 질주하면, 고이 잠든 벌판에 대고 이따금 격렬한 신음을 쏟아내는 건 바로 그들이었다.

"알고 있었소." 샤를은 말했다.

그는 등을 돌린 채 창문에 이마를 기대고 있었다. 루실은 침대에 앉아있었다. 피로로 몸을 가누기도 버거웠다. 열차의 소음이 아직도 귀에 쟁쟁했다. 앙투안과 루실이 이른 새벽에 파리의 리옹 역에 도착했을 때는 비가 내렸다. 루실은 샤를의 집, 그들의 집에서 그에게 전화를 걸었고, 이 집에서 그를 기다렸다. 그가 즉시 집으로 돌아왔고, 그녀는 바로 앙투안을 사랑하니 그를 떠나야겠다고 말했다.

이제 그는 창밖을 바라보는 척을 하는 중이었다. 루실은 그의 목덜미가 아직 곧은 것에 놀랐다. 하지만 감동하진 않았다. 앙투안의 뒤엉키고 뻣뻣한 머리칼엔 한없이 뭉클해하면서 말이다. 결코 유년 시절을 상기시키지 않는 남자들이 있었다.

샤를이 말했다.

"별것 아닐 거라고 생각했는데… 정말 그러길 바랐는데…"

그가 문득 말을 멈추고는 루실을 돌아보았다.

"내가 당신을 사랑한다는 건 꼭 알아둬. 당신을 잃은 내 슬픔이 가실 거라거나 내가 당신을 잊을 거라거나 다른 누군가로 대체할 거라고는 생각지 말라고. 난 이제 더는 여자를 갈아치울 나이가 아니거든."

그가 가벼운 한숨을 내쉬었다.

"그러니까, 루실, 언젠가 나한테 돌아와요. 난 당신을 당신 자체로 사랑해, 앙투안은 자기 짝으로서 당신을 사랑하지. 당신과 함께 행복하고 싶은 걸 거고, 그 나이엔 그게 맞아. 하지만 난 당신이 나와 무관하게 행복하기를 바라오. 기다리겠소, 내가 할 일은 그것뿐이니까."

루실이 반박하려는데, 그가 재빨리 한 손을 들어 그녀를 저지했다.

"게다가 앙투안은 머지않아 당신이 당신인 걸로, 그러니까 당신이 향락적이고 무사태평하고 비겁한 걸로 나무랄 거요, 아니면 벌써 나무랐을지도 모르고. 틀림없이 그가 당신의 약점 혹은 결점이라고 부를 것들에 대해 당신을 지탄할 거란 말이지. 그는 여자를 힘 있게 만드는 게 뭔지 아직 모르거든. 남자들이 여자를 사랑하는 이유도 바로 그것 때문이라는 것도. 설사 그것이 최악의 것을 가린다 하더라도 말이오. 아마 앙투안은 당신을 통해서 그걸 배우게 될 거요. 당신이 그 모든 모순 때문에 그토록 명랑하고 재밌고 착하다는 걸 알게 될 거라고. 하지만 그땐 너무 늦을 거요. 어쨌든 내 생각은 그렇소. 그땐 나한테 돌아와요. 당신은 내가 당신의 모순을 안다는 걸 아니까."

그가 설핏 웃음을 보였다.

"아마 내가 이렇게 길게 이야기하는 거에 익숙하지 않을 거요, 안 그렇소? 이제 앙투안한테 가서 내 말을 전해요. 당신을 아프게 한다거나, 한 달 뒤가 됐든 삼 년 뒤가 됐든 당신을 행복하고 까딱없는 지금 이 모습 그대로 나한테 돌려주지 않으면, 다른 말이 필요 없이 내가 그냥 그를 으스러뜨릴 거라고 말이오."

샤를은 거의 분노하며 말을 쏟아내고 있었다. 루실은 놀라서 그를 바라보았다. 그는 그녀가 이제껏 알지 못했던 강하고 거친 모습이었다.

"당신을 붙잡진 않겠소. 소용없을 테니까, 그렇지? 그러니 이거 하나만 기억해요. 내가 당신을 기다린다는 거. 언제든, 어떤 이유에서든, 당신이 내가 필요하다고만 하면 내가 있을 거요. 바로 떠날 건가?"

루실은 긍정의 뜻으로 고개를 주억거렸다.

"당신 건 죄다 가져가요. (루실이 거부의 뜻으로 세차게 고개를 저었다) 그럼 할 수 없군. 난 옷장에서 굴러다니는 당신의 옷과 주차장에서 잠자는 당신 차를 볼 자신이 없는데. 아무래도 집을 길게 비우게 되지 않겠소?"

그는 엷게 웃으며 마지막 말을 덧붙였다.

루실은 꼼짝도 하지 않은 채 힘없이 그를 바라보았다. 이럴 줄 알고 있었다. 이렇게 끔찍할 줄. 또한 그가 이럴 줄 알고 있었다. 이렇게 완벽할 줄. 모든 것이 그녀가 짐작하던 대로 전개되었다. 그를 고통스럽게 만들 수밖에 없는 절망감이 그녀 안에서 그에게 사랑받았다는 희미한 자부심과 뒤섞였다. 있을 수 없는 일이었다. 그를 이렇게, 이 커다란 아파트에 홀로 남겨 두고 떠날 수는 없는데⋯ 루실은 일어섰다.

그녀는 힘겹게 입을 열었다.

"샤를, 난⋯."

"아니, 이만하면 그를 충분히 오래 기다리게 했소. 이제 그만 가요."

그는 잠시 그녀를 마주한 채 미동도 없이, 거의 꿈꾸는 듯한 표정으로 그녀를 뚫어져라 바라보았다. 이윽고 그가 고개를 숙여 그녀의 머리칼 향을 맡은 후 몸을 돌렸다.

"이제 가요. 짐은 나중에 푸아티에 가에 가져다 놓게 할 테니."

루실은 그가 앙투안의 주소를 안다는 사실에 놀라지 않았다. 스스로가 너무도 끔찍해서 그녀의 눈에는 다른 건 보이지 않았고, 오직 그의 약간 휜 등과 잿빛 머리칼만이 보였다. 자신이 만들어놓은 작품을 보는 기분이었다. 루실은 웅얼거렸다. "샤를…." 그녀는 그만 자신이 무슨 말을 하려던 것인지, '고마워요'였는지 혹은 '미안해요'였는지, 아니면 이 비슷한 유의 욕된 말이었는지 알지 못했다. 샤를이 뒤돌아선 채 단호하고 격한 동작으로 한 손을 휘저었기 때문이다. 이 이상 과해지면 참을 수 없을 거라는 의미였다. 루실은 뒤로 물러나며 방에서 나왔다. 그녀는 계단에 이르러 자신이 울고 있다는 걸 깨달았고, 흐느끼며 부엌으로 들어가 폴린의 어깨에서 무너져 내렸다. 폴린이 남자들은 정말 피곤한 인간들이니 그런 인간들 때문에 울 필요 없다며 루실을 다독였다.

앙투안은 거리의 카페에서 햇볕을 쬐며 루실을 기다리고 있었다.

2부

여름

17

루실은 신비롭고 기이한 병의 포로가 된 기분이었고, 그것이
행복이라는 걸 알았으나 그렇게 부르기가 망설여졌다. 똑똑하
고 예민하고 비판적인 두 존재가 그 지경으로 숨을 헐떡이면
서, 그 지경으로 단단히 밀착되어서, 울먹거리는 것 같은 목소
리로 덧붙일 다른 말은 아무것도 없기에 단지 '사랑해'라는 말
밖에 할 수 없다는 것이 어떤 의미로는 터무니없게 여겨졌다.
그녀는 덧붙일 다른 말은 아무것도 없다는 걸 알았다. 실제로
더 바랄 것이 아무것도 없었고, 그것은 결국 우리가 충만함이
라고 부르는 것이었다. 하지만 루실은 언젠가, 어느 훗날엔, 이
충만함의 기억을 넘어서기 위해 어찌하면 좋을지 의문이었다.
그녀는 행복했고, 두려웠다.

루실과 앙투안은 모든 걸 털어놓았다. 자신들의 유년 시절,

과거, 그리고 무엇보다, 무엇보다 지난 몇 달간의 이야기가 지치지도 않고 거론되고 또 거론되었다. 그들은 세상의 모든 연인들이 그러하듯, 그들의 첫 만남이며 그들이 맺어지게 된 내력의 세부사항들을 끝도 없이 되새김질했고, 그들이 어떻게 그토록 오랫동안 자기들의 진짜 감정을 모를 수 있었는지 매우 고전적이게도 경악하며(사실이고, 조금은 어리석다) 의아해했다.

두 사람은 어긋나고 위태했던 공동의 과거 속을 달렸던 반면, 평화롭고 영구적일 수 있을 공동의 미래를 꿈꾸지는 않았다. 루실은 계획들과 평범한 삶을 앙투안보다 더 두려워했다. 그들은 지금으로서는 홀린 사람들처럼, 펼쳐지는 현재를 바라볼 뿐이었다. 아침이면 떠오르는 태양이 서로에 대한 허기가 충족되지 않은 채 한 침대에 누운 그들을 비추며 바라보았고, 저녁이면 지는 태양이 열기가 가신 부드럽고 비할 데 없는 파리의 거리를 거니는 그들을 바라보았다. 순간순간 그들은 지극히 행복해서, 더는 서로 사랑하지 않는 기분을 느꼈다.

그럴 때면 앙투안이 집에 한 시간 정도 늦게 돌아오는 것으로 충분했다. 그가 출근할 때는 평온하고 거의 무심하기까지 했던 루실(어찌나 무심했던지 이 여자가 생트로페의 그 여자, 병나고 상처 입고 말을 잃은 그 짐승이 맞나 싶기까지 한)이 사고로 버스에 깔린 앙투안을 상상하며 덜덜 떨기 시작하게 하기 위해서는, 그녀가 마침내 머릿속으로 그의 존재를 '행복'이라 부르기로 마음먹게 하기 위해서는 말이다. 왜냐하면 그의 부재는 절망이었기 때문이다. 또한 루실이 아무 남자에게나 미소를 짓는 것만으로도, 앙투안(앙투안은 여전히 루실의 육체를 끊임없이 소유하고 있었고, 그녀의 육체에 싫증을 낼 줄 몰랐다. 그것만으로도 확실하게 안도하고 있었다)이 하얗게 질린 얼굴이 되기에 충분했다. 그것만으로도 허약하고 잠정적이고 결코 확실하지 않은 행복의 모든 매력이 단번에 그녀에게 되돌아왔다. 그들 사이엔, 심지어 가장 감미롭고 다정한 순간에도, 불안하고 난폭한 무언가가 자리 잡았다. 그들은 더러 이 불안감으로 괴로워하면서도, 혹여 그들 중 누군가의 가슴에서 이 불안감이 사라진다면 그건 동시에 사랑도 사라졌다는 의미라는 걸 막연하게나마 인식했다. 요컨대 그들의 관계의 상당 부분은 거의 비등한 두 가지 감정적인 충격에 의해 결정되었다. 그 충격이란, 루실에겐 앙투안이 한 시간 지각하는 바람에 고통받았던 문제의 그 오후인 것이고, 앙투안의 경우엔 샤를이 귀국한 날 루실이 그들의 집으로 돌아오기를 거부한 것이었다. 루실 - 대부분의 무사태평한 사람들이 그러하듯 이기적인 만큼이나 겸손한 - 은 어느 날 앙투안이 돌아오지 않을까 봐, 앙투안은 앙투안대로 루실이 어느 날 밤 바람을 피울까 봐 막연하게 불안해했다. 그들은 - 원래대로라면 행복으로 아물었을 - 이 두 상처를 거의 결연한 심정으로 벌려두었다. 그것은 마치 심각한 사고로 여섯 달 동안 치료를 받은 끝에 살아남은 사람이 손톱으로 마지막 남은 상처를 긁어서 건강한 다른 부분의 신체와 비교하며 쾌감을 느끼는 것과 같았다. 두 사람 모두 서로의 살 속에 박힌 이 가시가 필요했다. 앙투안은 더 깊은 행복감을 위해서, 루실은 공유된 이 행복이 그녀로서는 너무도 생소했기 때문에….

앙투안은 아침에 일찍 깨어났다. 몸이 정신보다 먼저 한 침대에 있는 루실의 존재를 알아차렸고, 눈이 떠지기도 전에 그녀를 욕망했다. 그는 미소 지으며 잠들어있는 루실을 향해 미끄러졌다. 더러 루실의 신음 소리나 그의 등을 파고드는 루실의 손이 그를 마지막 꿈에서 끌어내기도 했다. 그는 일부 남자들이나 많은 어린아이들처럼 둔하고 깊은 잠에 빠져들었고, 이와 같이 느리고도 관능적으로 잠에서 깨어나는 것보다 더 좋은 건 아무것도 없다고 생각했다. 루실의 경우에는, 매일 아침 처음으로 인지되는 감각이 쾌락이었다. 그녀는 잠에서 깨어나는 순간의 일상적이고 자잘한 습관들을 박탈하는 이 반

강제적인 사랑의 행위에 놀라고, 만족하고, 살짝 성가셔하며 서서히 의식을 회복했다. 눈을 떴다가 다시 감고, 햇빛을 거부했다가 인정하기를 반복하며 이끄는, 그 모든 조용하면서도 혼란스러운 자신과의 싸움. 루실은 더러 속임수를 시도했다. 앙투안보다 먼저 깨어나, 자는 척하며 그의 반응을 보려 들었다. 하지만 앙투안은 6시간 이상 자는 법이 없었고 늘 그녀보다 먼저 깨어났다. 그는 그녀의 화난 표정에 껄껄거렸고, 이 여자를 그토록 순식간에 수면의 어둠에서 끄집어내어 이토록 순식간에 사랑의 어둠에 빠뜨리면서 즐거워했다. 그는 그녀가 몽롱하고 어리둥절한 채로 깨어나 눈을 껌뻑거리며 그를 알아보고는 당연한 듯 다시 눈을 감는 것과 동시에 그의 목에 양팔을 두르는 그 순간이 세상에서 제일 좋았다.

루실의 짐 가방들은 옷장 위에 올려졌고, 앙투안이 좋아하는 두세 벌의 원피스만이 그의 두 벌의 양복과 함께 방 안에 걸렸다. 반면에 욕실에선 루실이 벌여놓은 대개는 사용하지도 않는 갖가지 화장품 병들로 여인의 존재가 훤히 드러났다. 앙투안은 면도를 하며 주름 방지 허브 마스크 사용에 관한 수천 가지 논평이나 다른 우스갯소리를 늘어놓았다. 루실은 그가 눈에 띄게 늙고 추해지면, 바로 코앞에 주름 방지 마스크가 있는 것에 만족하게 될 거라고 대꾸했다. 그가 그녀에게 키스했고, 그녀는 웃음을 터트렸다. 이 여름, 파리는 특별히 아름다웠다.

앙투안이 9시에 출근하면 루실은 호젓하게 방 안에 머물렀다. 따뜻한 차 한 잔이 그리웠지만 게으름 때문에 근처 담뱃가게 겸 카페로 내려가 마실 엄두는 내지 못했다. 그녀는 방안의 네 귀퉁이에 쌓인 책 탑에서 한 권을 집어 들고 읽어 내려갔다. 언젠가 그녀를 한없이 괴롭혔던 커다란 괘종시계가 30분 간격으로 울렸고 이제 그녀는 이 소리를 사랑했다. 심지어 어떤 날은 종소리가 울리면 읽던 책을 내려놓고서 잃어버린 유년 시절을 되찾기라도 한 듯 허공에 대고 빙긋 미소를 짓기도 했다. 오전 11시나 11시 30분 무렵엔 앙투안이 전화를 걸었다. 그는 대체로 느긋한 목소리였으나, 더러 일에 치인 조급하고 단호한 남자 목소리가 되기도 했다. 그럴 때마다 루실은 속으론 아무리 미친 듯한 웃음이 터져 나오려 할지라도, 사뭇 진지한 목소리로 대꾸했다. 앙투안이 실은 얼마나 몽상적이고 게으른 남자인지 알고 있었기 때문이다. 상대의 진실만큼이나 꾸민 모습, 나아가 반 거짓말까지도 애정 어린 시선으로 바라보고 좋아하는 사랑의 단계였다. 상대가 그런 모습까지 보여주는 것이야말로 궁극의 신뢰의 증거로 여겨졌기 때문이었다.

정오가 되면 루실은 앙투안과 콩코르드 광장의 수영장에서 만나 햇살을 받으며 샌드위치를 먹었다. 그러고 나서 앙투안은 다시 회사로 돌아갔다. 살짝 그을린 맨 피부의 접촉이나 어떤 대화들에 달뜬 그가 역시나 달뜬 그녀의 손을 잡고서 그의 집, 그들의 집으로 달려갔다가 회사에 늦는 일이 벌어지지 않는 한 말이다. 그런 다음엔 루실은 파리 거리를 오래도록 한가롭게 거닐었다. 그러다 친구들이나 아는 사람을 마주치면 카페 테라스에서 함께 토마토주스를 마셨다. 루실의 행복한 표정에 모두들 그녀에게 말을 붙였다.

밤엔 모든 영화가, 파리 교외의 모든 뜨거워진 도로가, 루실이 앙투안에게 춤을 가르쳐주는 절반쯤 비어있는 모든 카바레가, 도시의 모든 모르는 느긋한 얼굴들이, 그리고 여름이 있었다. 또한 루실과 앙투안이 하고 싶은 모든 말들과 하고 싶은 모든 동작들이 있었다.

7월 말, 두 사람은 플로르 카페에서 조니와 우연히 마주쳤다. 조니는 몬테카를로에서 주말을 보내고 녹초가 되어 돌아왔고, 브뤼노라는 이름의 젊은 곱슬머리 남자를 옆에 끼고 있었다. 그가 행복해 보이는 두 사람을 축복하며 왜 결혼하지 않느냐고 물었다. 이 말에 앙투안과 루실은 엄청나게 웃어대고는 자기들은 미래를 걱정하는 사람들이 아니며 어쨌든 미래를 계획한다는 건 괴상망측한 발상이라고 대답했다. 조니는 웃으면서 동의했다. 하지만 그는 앙투안과 루실이 멀어지자 이렇게 중얼거렸다. "안타깝군."

조니의 탄식에 브뤼노라고 불린 남자가 호기심을 보였다. 남자의 물음에 조니는 남자가 처음 보는 야릇하고 우수 어린 표정을 지으며 이렇게만 말했다. "넌 이해 못하겠지만, 너무 늦었어." 무엇이 되었든 이해하는 것이 그의 역할이 아닌 상대에게는 더할 나위 없이 충분한 대답이었다.

8월이 찾아왔고, 앙투안은 한 달간 휴가였다. 하지만 돈이 없었기 때문에 루실과 함께 집에 머물렀다.

8월에 파리는 갑자기 무더워졌다. 숨이 막힐 듯 뜨거운 공기가 감돌고 있었고, 장대비로 퍼붓는 소나기에 거리가 맥을 못 추며 기진했다가, 회복기의 환자나 젊은 산모처럼 기운을 차리곤 했다. 루실은 사실상 석 주를 온통 실내 가운 차림으로 침대에서 보냈다. 그녀의 여름 의상은 수영복이나 리넨 바지들이 대부분이었다. 대개는 샤를 블라상스 리니에르가 제공하곤 했던, 몬테카를로나 카프리 섬에서 보내는 아름다운 휴가를 위한 것이었다. 이제는 옷을 갈아입을 필요가 없었다. 그녀는 엄청난 양의 독서를 했고, 담배를 피웠고, 점심 식사를 위해 토마토를 사러 갔고, 앙투안과 섹스를 하거나 문학에 대해 이야기를 나누었고, 잠이 들었다. 천둥이 치면 겁을 먹으며 앙투안의 품에 달려들었는데, 그럴 때면 앙투안은 뭉클해하며 적란운의 어두운 역사에 대해 학술적으로 설명했고 루실은 이를 절반쯤만 믿었다. 그는 당혹스런 목소리로 그녀를 '나의 이단자'라고 불렀지만, 마지막 천둥이 사라질 때까지도 역으로 그녀를 당혹스럽게 하지는 못했다. 앙투안은 이따금 의문스런 눈초리로 루실을 힐끔거렸다. 루실의 게으름과 아무것도 하지 않을 수 있고 아무것에도 대비하지 않을 수 있는 엄청난 능력, 행복할 수 있는 재능 - 그토록 텅 비고, 무위하고, 그날이 그날인 날들을 살아갈 수 있는 능력 - 이 그에게는 때로 괴이하다 못해 거의 끔찍하게 느껴졌다. 앙투안은 루실이 자신을 사랑한다는 걸, 그래서 그와 함께 있으면 그가 그녀와 함께 있을 때 그렇듯 지루해하지 않는다는 걸 알았다. 그럼에도 그는 자신이 이런 끝도 없는 무위를 루실에 대한 열정으로 견디는 것과 달리, 루실에게는 이런 삶의 방식이 그녀의 뿌리 깊은 천성에 보다 근접해있으리라고 느꼈다. 마치 불가해한 짐승, 처음 보는 식물, 만드라고라8를 마주한 기분이었다. 그래서 앙

---

8 뿌리가 사람의 형상을 한 약용 식물로 부를 가져다주는 마법의 힘이 있다고 알려져 있다.

투안은 그녀에게 다가가 이불 속으로 미끄러져 들어갔고 그들의 쾌락에, 뒤섞인 그들의 땀과 피로에 물리지 않았으며, 그렇게 가장 구체적인 방식으로 그녀도 보통 여자일 뿐임을 확인했다. 그들은 점차로 서로의 몸을 정확하게 파악했고 그것으로 거의 학술을 정립할 수 있을 정도였으나 오류가 많은 학술이었다. 상대의 쾌락을 배려하는 데 기반을 두었으면서도 자신의 쾌락 앞에서 무력하고 허술해지며 흐지부지되기 일쑤였기 때문이다. 그런 순간엔 두 사람은 자신들이 지난 30년간 서로를 모른 채 살아올 수 있었다는 걸 믿기지 않아했다. 그들은 그들이 살고 있는 지금 이 순간 외에는 다른 어떤 것도 진실이 아니며 아무 가치도 없다는 것을, 몇 번이고 서로에게 고백하지 않을 수 없었다.

그렇게 꿈처럼 8월이 흘렀다. 9월 1일 전날의 자정 무렵, 그들은 나란히 누워있었다. 한 달 동안 무용했던 앙투안의 자명종이 다시 강행군에 들어갔다. 이제 자명종은 오전 8시면 어김없이 울릴 터였다. 앙투안은 똑바로 누워서 꼼짝도 하지 않았다. 담배를 든 한 손이 침대 밖에 늘어져있었다. 거리엔 가느다란 빗줄기가 힘없이 떨어져 내리기 시작했다. 앙투안은 빗물이 미지근하리라 짐작했다. 어쩌면 눈을 뜬 채로 조용히 울고 있는 루실의 볼을 타고 흘러내리는 눈물처럼 짭짤름할 수도 있다고 생각했다. 그는 루실이나 구름에게 이 눈물의 이유를 물어볼 필요를 느끼지 않았다. 여름이 끝났고, 그것은 그들 생애 가장 아름다운 여름이었다는 걸 알았기 때문이다.

나는 모든 존재가 행복할 숙명이라는 걸 알았다.

행동은 삶이 아니라 어떤 힘을 허비하는 방식, 무기력이다.

아르튀르 랭보 『지옥에서 보낸 한 철』

18

　루실은 알마 광장에서 버스를 기다렸다. 짜증스러웠다. 유
독 춥고, 비 내리는 날이 잦은 11월이었다. 정류장에 설치된 가
림막은 추위에 민감하고, 악착스럽다 못해 호전적인 사람들로
복작거렸다. 루실은 차라리 밖으로 물러나는 편을 택했다. 젖
은 머리카락이 얼굴에 들러붙었다. 게다가 루실이 버스표 끊
는 걸 잊었다가 6분 남짓이 지나 이 사실에 생각이 미쳐 뒤늦
게 표를 끊자, 한 여자가 심술궂은 눈초리로 흘깃거리며 코웃
음을 쳤다. 그 순간 루실은 자신의 것이었던 컨버터블을 떠올
리며 쓸쓸한 심정이 되었다. 보닛을 때리던 빗소리와 젖은 도
로에서 망설이며 핸들을 꺾었던 커브길이 떠올랐다. 돈의 유
일한 매력이라면 바로 이 모든 걸 피하게 해주는 거라는 생각
이 들었다. 기다림, 짜증, 그리고 다른 것들. 그녀는 샤이오 궁

전에 있는 시네마테크⁹에서 돌아오는 길이었다. 앙투안이 루실의 무위도식을 못내 마뜩잖아하며 거의 명령조로 게오르그 빌헬름 팝스트의 걸작을 보고 오라고 권유했다. 그가 말한 작품은 과연 걸작이었다. 하지만 루실은 수선스럽고 소란한 대학생들 무리에 끼어 30여분 동안 줄을 서야 했고, 기다리는 내내 대체 왜 방에 조용히 머무르면서 빠져들어 읽고 있던 조르주 심농의 책을 마저 끝내지 않은 건지 후회했다.

저녁 6시 30분이 넘어있었다. 앙투안이 먼저 와있을 것이고, 어쩌면 방에 그녀가 없는 것에 흡족해하면서 그 개탄스런 강박관념, 루실을 바깥세상의 삶과 연결시켜야 한다는 강박관념에서 벗어나 있을지도 몰랐다. 그는 걸핏하면 루실에게 그로서는 '인간관계'일 뿐인 그 모든 사람들과 어울려 3년 동안 세속적이고 떠들썩한 삶을 보내다가, 이제 와서 방 안에 틀어박혀 아무것도 하지 않는 삶을 보내는 건 정상적이 아닐뿐더러 건강하지도 않다고 말했다. 그녀는 앙투안에게 이제껏 다른 방식으로 살다가, 주머니에 200프랑과 버스표만 넣고 다니며 발견하기 시작한 이 도시, 이 파리는 끔찍하다고 말할 수가 없었다. 지금의 삶과 같았던 스무 살 시절이 기억났고, 서른 살

_____

9 파리의 영화박물관이자 예술영화 상영관.

에 또 다시 그런 삶을 시작해야 한다고 생각하니 달갑지 않았다. 버스 한 대가 멈춰 섰다. 운전기사가 앞선 사람들의 번호를 부르기 시작했고, 루실보다 한참 앞줄에서 호출이 끊겼다. 버스를 타지 못한 불행한 사람들이 유리통 소굴로 되몰려갔다. 이제는 어떤 동물적인 절망감이 루실을 엄습했다. 30분 뒤엔 요행히 앙투안의 10평 원룸 아파트로 데려다줄 버스에 올라탈 수 있으리라. 그렇게 그녀는 지치고 머리칼은 헝클어져 꾀죄죄해진 몰골로 비를 맞으며 10평 원룸으로 돌아가 그녀 못지않게 지친 남자와 마주하리라. 그가 열광적인 표정으로 팝스트가 어땠느냐고 물으면, 그녀는 차라리 악착스런 군중들이며 버스며 근로자들이 감내해야 하는 혹독한 제도에 대해 토로하고 싶어질 것이며, 그는 실망하게 되리라. 버스 한 대가 멈춰 서지 않고 그냥 지나갔다. 걸어가야겠다는 생각이 퍼뜩 뇌리를 스쳤다. 노부인이 루실 옆 매표기로 한 손을 뻗었다. 루실은 즉흥적으로 그녀에게 버스표를 내밀었다.

"여기, 이거요, 제 걸 쓰세요. 전 걸어갈 거예요."

노부인이 거의 적의에 가까운 의문스런 눈길을 던졌다. 아마 루실이 자신을 늙은이 취급하거나, 혹은 신만이 아는 이유로 자비를 베풀었다고 여긴 듯했다. 사람들은 부쩍 서로를 경계하게 되었다. 권태와 근심과 어리석은 텔레비전과 터무니없는 신문과 잡지들에 치인 나머지, 동기 없는 순수한 선행에 대한 개념을 잃었다.

루실의 해명은 거의 변명에 가까웠다.

"전 여기서 멀지 않은 곳에 사는데, 지금 늦었거든요. 이제 비도 덜 오고요, 그렇지 않나요?"

이 "그렇지 않나요?"는 애원에 가까웠고 루실도 이를 자각했다. 그녀는 원망스런 시선으로 하늘을 올려다보았다. 왜냐하면 비가 더 거세졌기 때문이다. 동시에 이런 생각이 들었다. '대체 이 여자가 수락하건 말건 나랑 무슨 상관이지? 싫으면 그냥 버릴 거 아냐. 그러고 나서 30분을 더 기다리건 말건 내가 무슨 상관이냐고.' 루실은 갈피를 잡지 못했다. '대체 내가 왜 이러지? 다른 사람들처럼 그냥 버스표를 버렸어야지. 대체 왜 이 저녁 6시 반에 알마 광장 버스 정류장에서 다른 사람한테 잘 보이려 하고, 좋은 관계를 맺으려 하고, 모두에게 잘 보이려 하는 거냐고. 대체 이게 무슨 강박이야. 좋은 관계를 맺고, 모르는 사람들끼리 애정을 키우는 건, 돈 많은 사람들의 집이나 밀폐된 술집이나 혁명 기지에서 위스키 잔을 기울이면서 해야 할 일 아니냐고.' 동시에 루실은 절망적으로 실은 그 반대라는 걸 입증하고 싶었다. 노부인이 손을 내밀어 버스표를 건네받으며 말했다.

"정말 친절한 아가씨로군요."

노부인이 미소 지었다. 루실도 불분명한 미소를 되돌려주며 멀어졌다. 콩코르드 광장까지 강둑길을 따라 걷다가, 길을 건넌 뒤 릴 가로 접어들 터였다. 문득 어느 밤, 앙투안과 알게 된 날 밤, 그와 함께 지금과 똑같은 경로로 거닐었던 기억이 떠올랐다. 그땐 초봄이었고, 그 젊은 남자는 모르는 사람이었으며, 오늘과는 다른 이유로 택시들을 무시한 채 포근하고 고독한 밤 속을 기꺼이 걸었다. 루실은 생각했다. '그만 투덜거려야겠다.' 그들은 오늘 뭘 하기로 했던가? 앙투안의 친구인 뤼카 솔데의 집에서 저녁 식사를 하기로 되어있었다. 뤼카는 추상미술에 열광하는 수다스럽고 신경질적인 기자였다. 앙투안은 그를 재미있어했고, 루실도 재미있어했었다. 고루한 뤼카의 아내 니콜이 루실만 만났다하면 대화를 최근에 걸린 부인병 얘기로 이끌기 전에는. 게다가 '야무진 걸' 자랑스러워하는 니콜은 매우 알뜰했는데 종종 도저히 먹을 수 없는 요리를 개발했다. 루실은 걸으며 혼잣말을 중얼거렸다. "아테나 플라자 호텔의 를 레 플라자 식당이라면 기꺼이 저녁 식사를 하러 갈 텐데. 바텐더와 시원한 다이키리 칵테일을 들면서 샐러드를 곁들인 햄버거를 주문하고 싶어. 오늘 밤, 날 기다리는 걸쭉한 수프에 찝찝한 스튜며 말라비틀어진 치즈와 과일들 대신. 먹는 데 한이 맺힌 것도 아니고, 조금만 먹을 권리는 부자들만 있는 것 같다니까…." 루실은 절반쯤 비어있는 를레 플라자의 바 가장자리를 한결같이 장식하고 있는 글라디올러스와 상냥한 호텔 지배인들을 잠시 떠올리며, 테이블에 홀로 앉아 신문을 한가롭게 훑으면서 담비 코트를 걸친 미국 여자들의 행렬을 바라보는 자신을 그려보았다. 이어서 이 몽상에서 앙투안이 배제되었다는 것을, 앙투안 없이 혼자 있는 자신을 꿈꾸었다는 것을 아프게 자각했다. 루실은 혼자 식사해본 지가 까마득하긴 했지만, 죄책감을 느꼈다. 그녀는 릴 거리를 달려 아파트 계단을 올라갔다. 앙투안은 침대에 누워 「르몽드」를 읽다가 - 아무래도 그녀는 「르몽드」를 읽는 남자들과 인연이 있는 모양이었다 - 루실이 방에 들어서자 몸을 일으켰다. 그녀는 그의 품에 달려들었다. 그는 따뜻했고, 담배 냄새를 풍겼다. 침대에 누워있는 그의 몸이 거대해 보였다. 그녀는 뼈가 불거진 그의 몸과 옅은 색 눈동자와 그녀의 젖은 머리칼을 정돈하는 그의 단단한 손가락들에 도무지 질리지 않았다. 그가 비를 맞으며 거리를 헤매는 여자들의 무분별함에 대해 무언가를 웅얼거리더니, 물었다.

"영화는 어땠어?"

"훌륭하더라."

"거봐, 내가 가보라고 하길 잘했다는 걸 인정해."

"인정."

루실은 그렇게 인정하며 오른손에 수건을 들고서 욕실에 섰다. 순간, 거울에 비친 자신이 이제껏 본 적 없는 기이한 미소를 짓고 있는 것이 보였다. 그녀는 잠시 몸이 굳었다가 수건으로 천천히, 거울을 훔쳤다. 마치 여기 있어선 안 되는 공모자를 지우려는 듯이.

19

루실은 릴 가의 작은 술집에서 앙투안을 기다렸다. 그들이 매일 저녁 6시 30분에 만나곤 하는 장소였다. 루실은 에티엔이라는 남자와 경마에 대해 토론 중이었다. 에티엔은 제법 미남으로 몹시 수다스러운 남자였는데, 앙투안은 그가 루실에게 죄가 될 감정을 키우고 있는 건 아닌지 의심스러워했었다. 루실은 에티엔의 조언에 따라 베팅할 때가 있었고 결과는 번번이 재앙이었다. 그럴 때면 앙투안도 뒤늦게 나타나 그에게 의심스런 눈길을 던지곤 했는데, 이젠 질투 때문이 아니라 물질적 손실의 두려움 때문이었다. 전날 루실은 기분이 몹시 좋았다. 그들은 갖가지 의욕적인 계획을 세우며 밤을 보내다가 매우 늦게 잠이 들었다. 그녀로서는 이제 기억조차 희미하지만 그들의 계획이 다 이루어지면 그들은 해변도 가고, 아프리카도 가고, 파리 근교의 이상적인 시골집도 가게 될 터였다. 그동안은 우선 에티엔이 눈을 빛내며, 루실에게 이튿날 생클루 경마장에서 틀림없이 승리할 앙브루아지 2세라는 이름의 경주마에 대해 설명했다. 그 순간 앙투안이 상기된 표정으로 나타나지 않았더라면, 루실의 주머니에서 고독하게 잠자던 천 프랑짜리 지폐의 주인은 아마도 바뀌지 않았을까. 앙투안이 루실에게 키스하며 위스키 두 잔을 주문했다. 이건 이날이 월말에 가까운 26일인 만큼 축제의 신호였다.

루실이 말했다.

"무슨 일이야?"

앙투안이 루실의 멀뚱거리는 표정을 보며 대답했다.

"내가 시레한테 부탁 좀 했지. 왜 있잖아, 「레베이」 신문사 국장… 거기 자료실에 네 자리를 주겠대."

"자료실?"

"응, 꽤 재미있을 거야. 일도 많지 않을 거고. 일단 10만 프랑씩 주기로 하고, 차차 올려주겠대."

루실이 경악하여 앙투안을 바라보았다. 이제야 그들이 간밤에 나누었던 대화가 완벽하게 기억났다. 그들은 루실의 삶은 삶이 아니며 그녀가 무언가 해야 한다는 데 합의를 보았었다. 루실이 먼저 일을 해야 한다는 생각을 적극적으로 받아들였고, 심지어 신문사에서 커리어를 쌓으며 점차 높은 곳까지 올라가 파리에서 누구나 이야기하는 명석한 여성 기자들 중의 하나가 되겠다는 이상적인 꿈까지 그려 보였다. 물론 일이 많을 것이고 고생스럽겠지만 그녀는 자신을 성공으로 이끌 자신 안의 집요함과 유머와 야망을 믿었다. 그들은 신문사가 제공하는 멋진 아파트를 갖게 될 터였다. 숱한 손님들을 접대해야 하기 때문이었다. 또한 아무리 바쁘더라도 매년 적어도 한 달 간은 유람선을 타고서 지중해로 떠나리라. 루실이 이런 계획을 열정적으로 그려 보이자 앙투안은 처음엔 회의적이었다가 점차 관심을 보였다. 루실이 그려 보인 계획에 그 누구도 루실보다 더 설득력이 있을 순 없었기 때문이다. 대체 그녀는 전날 무얼 마시고 무얼 읽었기에 그런 이야기를 던진 것일까? 사실 그녀는 집요함만큼이나 야망도 없었고, 죽고 싶은 마음이 없는 것만큼이나 직업을 갖고 싶은 마음도 없었다.

앙투안은 말했다.

"이런 종류의 신문사치고는 월급이 많다는 거 알지?"

그는 스스로가 자랑스러운 눈치였다. 루실은 그런 그를 다정하게 바라보았다. 그는 여전히 간밤에 그들이 나누었던 대화의 영향 아래 놓여있었다. 종일토록 그 생각에 사로잡혀 파리를 종횡무진하고 다녔으리라. 아닌 게 아니라 파리에서 이런 일자리를 얻는 건 매우 어려운 일이었다. 어느 날 문득, 무위에 지쳐 우울과 위기감을 느끼는 여자들은 셀 수 없이 많았고, 그 직장이 출판사나 의상실이나 신문사이기만 하다면 기꺼이 바닥을 닦는 일도 마다하지 않을 여자들은 줄을 섰다. 그런데 저 정신 나간 시레가 루실에게 일을 시키고 월급도 줄 기세였다. 그녀가 좋아하는 건 오직 무위뿐이었는데 말이다. 삶은 어리석었다. 루실은 앙투안에게 애써 웃음을 지었다.

그는 말했다.

"어쩐지 반가운 표정이 아니네."

"아냐, 너무 멋질 것 같아."

루실이 침울하게 대답하자, 앙투안이 재미있다는 시선을 던졌다. 그는 그녀가 간밤의 결심을 후회한다는 걸 잘 알았고, 그 사실을 감히 그에게 말하지 못한다는 것까지 알았다. 하지만 그는 진심으로 그녀가 이렇게 살다간 지루하지 않을 수 없을 것이고, 종국엔 그녀의 삶과 그녀 자신에 대해서도 싫증이 나고 말리라 생각했다. 또한 드러내진 못했지만, 루실이 버는 10만 프랑이 그의 월급에 보태지면 그녀의 삶이 물질적으로 보다 윤택해지리라 기대했다. 그는 남자들 특유의 아름다운 낙관으로, 루실이 한 달에 두 벌 정도의 원피스는 즐겁게 살 수 있으리라 여겼다. 당연히 유명 디자이너의 제품들은 아니겠지만, 그녀는 몸매가 좋은 만큼 완벽하게 어울릴 게 분명했다. 또한 택시를 탈 수도 있을 것이고, 사람들도 만나고, 정치며 세상 전반에, 그리고 다른 것에 조금은 관심을 가질지도 몰랐다. 물론 퇴근했을 때 자기 소굴에서 웅크리고 있는 짐승 같은 그녀, 오직 독서와 사랑으로만 살아가는 그녀가 없는 것은 아쉽겠지만, 한편으로는 희미한 안도감이 느껴질 터였다. 왜냐하면 그는 오직 현재만을 살며 미래에 대해 아랑곳하지 않는 그녀의 정체된 삶에 경악하고, 나아가 어렴풋한 분노마저 느꼈기 때문이다. 마치 그도 인테리어의 일부, 한 요소일 뿐이고, 언제든 상황이 변하면 필시, 가차없이 불태워질 것만 같았다고 할까.

루실은 물었다.

"언제부터 시작해?"

이제 그녀는 진심으로 웃었다. 어쨌든 시도는 해볼 수 있지 않겠는가. 젊은 시절에 이미 일해본 경험도 있었다. 틀림없이 조금은 지루하겠지만, 앙투안에겐 이 사실을 숨길 생각이었다.

"12월 1일부터. 닷샌가 엿새 뒤야. 좋아?"

루실은 그에게 의혹의 눈길을 던졌다. 그는 정말로 그녀가 좋아한다고 믿는 것일까? 그녀는 이미 앙투안에게서 가학적인 면을 본 적이 있었다. 하지만 그는 지금 무고하고도 확신하는 얼굴이었다. 루실은 정색한 표정으로 고개를 주억거렸다.

"그럼, 정말 좋아. 네 말이 맞아. 이렇게 계속 살 순 없어."

그가 테이블 건너에서 몸을 기울여 그녀에게 키스했다. 그 동작이 어찌나 충동적이고 다정했던지 루실은 그가 자신을 꿰뚫어 보았다는 걸 알았다. 그녀는 그와 볼을 맞댄 채 미소 지었고, 그들은 함께 그녀를 어처구니없어하는 너그러운 미소를 지었다. 그녀는 그가 그녀에 대해 오해하는 것을 원치 않았기에 그녀의 속내를 간파한 것에 안도했으나, 한편으로는 그에게 놀아난 것 같은 기분에 어렴풋한 원망을 품었다.

　밤에 원룸으로 돌아온 앙투안은 연필을 손에 쥐고서 그 어느 때보다 신나게 예산을 세웠다. 당연히 그가 월세며 전화요금이며 자질구레한 생활비를 맡았다. 루실이 벌 10만 프랑은 그녀의 옷값과 교통비와 점심 식사 비용으로 책정되었다. 「레베이」의 구내식당은 아주 맛있고 분위기까지 좋았다. 앙투안도 그녀와 함께 점심을 들러 올 수도 있었다. 루실은 침대에 앉아 이 숫자들을 들으며 당혹감에 휩싸였다. 앙투안에게 디올 드레스는 30만 프랑이고, 그녀는 지하철이라면 질색이며, 구내식당이라는 말만으로도 도망치고 싶다고 말하고 싶었다. 루실은 자신이 본질적이고 극단적인 속물이라고 느꼈다. 하지만 그가 방 안을 이리저리 서성이다가 문득 도무지 믿기지 않는다는 표정으로 애매한 미소를 지어 보이며 그녀를 돌아보자, 그에게 미소를 되돌려주지 않을 수 없었다. 그는 어린아이 같았다. 어린아이들처럼 주먹구구식 셈을 했고, 장관들처럼 예산을 짰다. 그는 흔히 남자들이 즐기듯 숫자놀음을 했다. 상관없었다. 어쨌든 창안자가 앙투안인 이상, 그녀의 삶도 이 공상적인 등식에 맞춰야 했다.

20

　루실에게는 「레베이」에 입사한 지 수년은 흐른 듯 느껴졌으나 실상은 보름밖에 되지 않았다. 책상과 캐비닛과 보관함들로 포화상태인 사무실은 대체로 잿빛이었고, 유일한 창문은 레 알 구역의 작은 길에 면해있었다. 루실은 마리안이라는 이름의 젊은 여자와 함께 일했다. 마리안은 임신한 지 석 달째인 매우 상냥하고 유능한 여성으로 신문사의 미래와 뱃속 아이의 미래에 대해 똑같이 애정 어린 근심을 담아 이야기하곤 했다. 마리안이 회사를 의인화하기를 좋아했기에 "무럭무럭 클 거예요"라거나 "관심을 끊임없이 기울이게 하네요" 따위의 낙관적인 문장들을 흘릴 때면, 루실은 그게 「레베이」 이야기인지 태어날 아기인 제롬 이야기인지 잠시 헷갈리곤 했다. 루실과 마리안은 함께 신문기사들을 스크랩하는가하면, 상부의 지시에 따라 인도며 페니실린이며 게리 쿠퍼에 관한 자료들을 찾아냈다가, 뒤죽박죽이 되어 돌아온 이 자료들을 다시 정돈하곤 했다. 루실이 짜증스러웠던 건, 이 사무실을 지배하는 다급하고 진지한 어투들과 귀에 못이 박히도록 주입시키는 음산하기 짝이 없는 효율성이라는 개념이었다. 루실은 입사한 지 여드레째부터 편집회의에 참여했다. 우민정책 차원에서 1층과 자료실의 개미들도 참여시키는, 진정한 벌들의 회의였다. 벌들이 이미 거론되고 또 거론된 아이디어들을 반추하며 붕붕거렸다. 루실은 두 시간 동안 어안이 벙벙한 채로, 제롬의 라이벌의 판매부수를 향상시켜야 한다는 전반적인 지향점 속에서, 아첨과 오만과 근엄함과 치졸이 현란하게 뒤섞이며 가속화되는 이 인간희극을 목도했다. 그중 오직 세 남자만이 어리석은 말을 내뱉지 않았다. 첫 번째 남자는 시종일관 화가 나 있었기 때문이고, 두 번째 남자는 국장이었기 때문이며, 세 번째 남자는 그나마 가장 똑똑해 보였기 때문이다. 루실은 앙투안에게 이 회의를 영웅서사시로 부풀려 들려주었고, 앙투안은 한참을 낄낄거리고 나서, 그녀가 과장하는 경향이 있고 모든 걸 나쁘게만 본다고 지적했다.

루실은 부쩍 수척해졌다. 신문사의 삶이 너무도 지루했던 나머지, 정오에 근처 브라스리[10]에 가서 - 처음 시도했던 탈출이 영원한 탈출이 되었다 - 소설을 읽으며 샌드위치를 베물어 먹곤 했는데 끝까지 다 먹는 법이 없었다. 그녀는 저녁 6시나 때로는 8시(루실, 늦게까지 붙잡아둬서 미안해요, 하지만 알다시피 내일모레가 '마감'이잖아요)엔, 헛되이 택시를 잡다가

---

10 간단한 음식이나 음료, 주류를 파는 카페 겸 레스토랑.

결국 포기하고서 지하철을 탔고, 자리다툼 따위는 혐오했던지라 집에 가는 내내 서있기 일쑤였다. 같은 열차 칸에 탄 사람들의 지치고 근심어리고 넋 나간 얼굴을 볼 때면 분노로 울컥했는데 그들 때문이라기보다는 그녀 자신 때문이었다. 왜냐하면 그녀한테는 그 모든 것이 곧 깨어날 한낱 악몽에 불과해 보였기 때문이다. 하지만 원룸에 돌아오면 앙투안이 기다리고 있었고, 그의 품에 안기면 그 즉시 존재감이 되살아나는 기분을 느꼈다.

이날 도저히 견딜 수 없었던 루실은 오후 1시에 브라스리에 가서 칵테일을 주문했다. 평소엔 술을 절대 마시지 않는 그녀였기에 종업원은 놀라는 표정이 되었다. 루실은 칵테일을 두 잔째 주문하고는 검토할 서류를 펼쳐 들었으나, 2분 남짓 훑다가 하품을 하면서 서류를 덮어버렸다. 서류에 세 줄 정도 기사를 덧붙여봐도 좋고, 데스크의 마음에 들면 발행될 수도 있다는 언질을 들은 터였는데도 말이다. 그럴 수 없었다. 적어도 오늘은. 하물며 잠시 뒤에 다시 그 잿빛 사무실로 들어가 사유하는 자, 혹은 실천하는 자의 역할을 하는 사람들 앞에서 활동적인 젊은 여성의 역할을 한다는 건 있을 수 없었다. 형편없는 연기였고, 형편없는 연극이었다. 혹여 앙투안이 옳았고 그녀가 공연 중인 이 연극이 적절하고 유용한 것이라면, 그녀의 역할이 형편없거나 그녀가 아닌 다른 누군가를 위해 쓰인 역할이리라. 앙투안이 틀렸다. 루실은 이제 칵테일의 강렬한 빛을 통해 그 사실을 깨달았다. 때로 알코올은 가차없고 결정적인 투광기가 되기도 하는데, 이 투광기가 스스로 행복하다고 믿기 위해 매일 자신에게 했던 수천 가지 거짓말들을 적나라하게 비추었다. 그녀는 불행했고, 그것은 부당했다. 스스로에 대한 한없는 연민이 엄습해왔다. 루실이 세 잔째 칵테일을 주문하자 종업원이 무슨 문제가 있냐고 물었다. 그녀는 침울한 표정으로 "전부 다 문제예요"라고 대답한 뒤, 살다 보면 그런 날들이 있는 법이라고 부연하고는, 한 번쯤은 샌드위치를 끝까지 먹어치워야겠다고 말했다. 종업원이 말하기를 그렇게 안 먹다가는 그의 사촌처럼 결핵에 걸려 6개월 가까이 산속에서 요양하며 지내야 할지도 모른다고 했기 때문이다. 그렇게 종업원은 그녀가 아무것도 먹지 않는다는 걸 알아차렸고 그녀를 걱정하고 있었다. 그에게 "안녕하세요", "갈게요" 같은 인사말만 겨우 던지던 그녀를 누군가 좋아해주었던 것이다. 순간 루실은 눈물이 핑 도는 것을 느꼈다. 알코올은 사람을 냉철하게 만드는 만큼 감상적으로도 만든다는 걸 잊었다. 따라서 루실은 샌드위치를 주문한 뒤, 오전에 앙투안에게 빌린 책을 가만히 펼쳤다. 윌리엄 포크너의 『야생 종려나무』였다. 운명이 그녀를 속히 해리의 독백으로 이끌었다.

 … 체면. 모든 책임이 이 체면에 있다. 이미 얼마 전에 나는 깨달았다. 무위야말로 우리의 모든 미덕과 그나마 참아줄 수 있는 우리의 모든 자질 - 명상, 한결같은 기분 유지, 게으름, 활발한 정신적, 육체적 소화력 - 을 드러낸다는 걸. 먹기, 배설하기, 육체관계 맺기, 햇볕을 쬐며 빈둥거리기. 이보다 더 나은 건 아무것도 없다. 이것과 비교될 수 있는 건 아무것도 없다. 우리가 우리에게 주어진 극히 일부분의 시간을 살아가는 이 세상에서 숨쉬기, 살아있기, 그것을 인지하기. 이보다 더 나은 다른 건 아무것도 없다.

 루실은 이 대목에서 독서를 멈추고 책을 덮은 뒤, 종업원에게 음식값을 치르고 브라스리에서 나왔다. 그리고 곧장 신문사로 가서 시레에게 더는 일을 계속할 수 없다고 설명하고서 앙투안에게는 아무 말도 하지 말아 달라고 부탁했다. 그녀는 시레 앞에서 몸을 꼿꼿이 편 채 고집스런 표정으로 미소를 지었고, 시레는 어안이 벙벙하여 그녀를 바라보았다. 루실은 신문사에서 나와 택시를 잡아타고는 방돔 광장의 귀금속점으로 향했다. 거기서 샤를이 크리스마스에 선물했던 진주목걸이를 반값에 팔고서, 인공진주 모조품을 주문한 뒤 판매원의 얼굴에 떠오른 공모자의 미소를 무시하며 자유로운 표정으로 밖으로 나왔다. 이어서 주드폼 박물관에서 인상주의 그림들을 감상하며 30분, 극장에서 영화를 보며 두 시간을 보낸 뒤 귀가해서는, 앙투안에게 「레베이」에 적응하기 시작했다고 호언했다. 그렇게 그는 걱정을 잡아맬 것이고, 루실은 얼마간 조용히 보낼 수 있을 터였다. 이래저래 그녀는 스스로에게 거짓말하기보다는 앙투안에게 거짓말하는 편을 택했다.

   루실은 그렇게 더할 나위 없는 보름을 보냈다. 파리와 게으름과 이 게으름을 남용하는 데 필수적인 돈을 되찾았다. 그녀는 늘 이끌던 삶의 방식대로 삶을 이끌었다. 하지만 이번엔 몰래. 마치 수업을 빼먹는 기분으로 그녀의 가장 단순한 기쁨은 배가 되었다. 그녀는 센 강 좌안의 식당 2층에서 일종의 도서관 술집을 발견했고, 이곳에서 오후를 보내며 책을 읽거나, 이상하고 할 일 없고 대개는 알코올 중독자인 사람들 무리와 대화를 나눴다. 그들 중 한 명이 어느 날 루실을 리츠 호텔 점심 식사에 초대했다. 그녀는 오전 동안 샤를이 사준 옷들 중에서 어느 색이 유행에 가장 부합하는지 고심하며 옷을 고르

느라 한 시간을 허비했다. 리츠 호텔 레스파동 식당에서의 점심 식사는 비현실적이었고, 진미였다. 그녀와 마주 앉은 남자는 톨스토이와 앙드레 말로에게 동시에 영향을 받은 자신의 삶을 진지한 거짓말로 늘어놓았고, 그녀 또한 예의상 그에게 스콧 피츠제럴드와 흡사한 자신의 삶을 거짓말로 늘어놓았다. 따라서 그는 러시아의 왕자이자 역사학자였고, 그녀는 편견에 의해 왜곡되는 것보다 훨씬 박식한 미국인 상속녀였다. 두 사람 다 지나치게 사랑받았고 지나치게 부자였다. 식당 지배인들이 그들의 테이블 주변에서 파닥거렸다. 두 사람은 남자가 잘 알고 지냈던 프루스트를 들먹였다. 남자가 다음 한 달간 분명 그를 파산으로 이끌 밥값을 치른 뒤, 두 사람은 누구랄 것도 없이 신이 난 채로 작별 인사를 했다. 오후 4시였다. 루실은 원룸으로 돌아와 앙투안에게 「레베이」에서 보낸 일과에 대해 시시콜콜 늘어놓았고, 그는 웃음을 터뜨렸다. 그녀는 그를 사랑하는 만큼 거짓말을 지어냈고, 그런 만큼 행복했으며, 이 행복을 그와 공유하고 싶었다. 물론 언젠가는 그도 알게 되리라. 루실이 주의를 주었음에도 언젠가는 마리안이, 앙투안에게 전화로 루실이 한 달 전에 회사를 '나갔다'고 대답하리라. 하지만 이 위협은 루실의 현재의 나날에 외려 돌발적인 맛을 제공했다. 그녀는 앙투안의 넥타이며 예술 서적이며 음반을 구입했고, 앙투안에게는 가불을 받았다거나 원고료든 다른 무엇이든 받았다고 둘러댔다. 그녀는 명랑했고, 앙투안은 그녀의 명랑함에 휩쓸렸다. 목걸이 가격으로 그녀에겐 두 달이 보장되었다. 게으르고 호사스럽고 거짓말을 할 수 있는 두 달, 두 달간의 행복이.

아무것도 하지 않는 엇비슷한 나날들, 너무도 완벽하게 비어서 충만한 나날들, 너무도 고요해서 격정적인 나날들. 한계도, 지표도, 목적도 없는 시간 속에서 마침내 정신이 활동하기 시작했다. 루실은 소르본 대학의 수업을 상습적으로 빼먹던 젊은 시절의 나날을 되찾았다. 너무도 오랫동안 잃어버렸던 그 불법의 향을. 샤를이 그녀에게 준 자유로운 시간과 그녀가 앙투안에게서 훔친 자유로운 시간은 비교도 되지 않았다. 청소년에게, 타인들과 미래와 종종 자기 자신에게 저지르는 오래되고 은근한 거짓말보다 더 멋진 기억이 무엇이겠는가? 루실은 필시 재앙이 될 미래, 앙투안의 분노를 유발하고, 신뢰를 잃고, 그 둘 모두 그녀가 그가 제안한 이 정상적이고 안정적이며 비교적 쉬운 이 삶을 그와 함께 살아갈 수 없으리라는 사실을 인정할 수밖에 없는 미래를 향해 달려가면서, 스스로에게는 어떤 거짓말을 했던 것일까? 그녀는 자신의 실패를 잠정적으로 숨기는 것이 이 상황을 만회하려는 의지를 의미하는 건 전혀 아니라는 걸 정확히 인식했다. 그녀 안에는 끔찍하리만치 확고한 무엇이 있었으나, 그녀도 그게 무엇인지는 몰랐다. 사실 그녀는 앙투안의 마음에 드는 일을 더 이상 하지 않기로 결심했으나, 누군가를 사랑하고 있을 때 사랑하는 사람의 마음에 드는 일을 하지 않기로 마음먹었다는 걸 자백하기는 어려운 노릇이었다. 매일 밤, 그녀는 앙투안의 온기와 웃음과 육체를 되찾았으나, 그를 속이고 있는 기분을 느끼지 않은 적은 단 한순간도 없었다. 사무실 생활을 견딜 수 없는 것만큼이나 앙투안 없는 삶은 더는 상상이 되지 않았다. 그리고 이 양자택일은 점점 더 터무니없게 여겨졌다.

혹독한 추위였다. 루실의 삶은 점점 고착되었다. 그녀는 앙투안과 동시에 일어나서 함께 카페로 내려가 커피를 마신 뒤, 더러 출판사까지 그를 배웅했다가 공식적으로는 고된 노동을 하러 갔고, 사실상은 다시 방으로 돌아왔다. 그녀는 옷을 벗고서 다시 침대로 들어가 정오까지 잠들었다. 오후엔 책을 읽거나 음반을 듣거나 손에서 담배를 놓지 않았다. 저녁 6시가 되면 침대를 정돈한 뒤 자신이 다녀간 흔적을 지우고서 앙투안과 만나곤 하는 릴 가의 작은 술집으로 향했다. 혹은 보다 가학적이 되는 날에는 퐁루아이얄 술집에 가서 8시가 되기를 기다렸다가 지친 표정으로 푸아티에 가로 돌아왔다. 그러면 기다리던 앙투안이 투덜거리며 그녀에게 키스했고, 그녀는 그의 품에서 몸을 비비며 손톱만큼의 후회도 없이 그의 이 다정함, 이 연민, 이 상냥함을 만끽했다. 어쨌든 이토록 단순하지 않은 남자를 위해 이렇게까지 삶이 복잡해지다니 그녀에게도 동정의 여지는 있었다. "나 「레베이」 그만뒀어"라고 말하고서 이 따위 판토마임일랑 당장 그만두는 것이 가장 쉬웠으리라. 하지만 이 판토마임이 앙투안을 안심시켰다. 그러니 가능할 때까지 공연을 계속할 수밖에. 때때로 그녀는 자신이 성녀라고 생각했다.

게다가 앙투안이 진실을 알게 된 날, 그녀가 얼마나 곤욕을 치렀던지.

그가 말했다.

"오후에 사무실로 세 번이나 전화했어."

그는 키스도 없이 트렌치코트를 의자에 아무렇게나 던지고는, 루실 앞에 와 버티고 서서 미동도 하지 않았다. 그녀는 미소를 지었다.

"두 시간 정도 외근했었어. 마리안이 얘기 안 해?"

"얘기했지, 했고말고. 신문사에서 몇 시에 나갔어?"

"한 시쯤일걸."

"그래?"

이 '그래?'의 무언가에 루실은 불안해졌다. 그녀는 눈을 치떴으나 앙투안은 그녀를 거들떠보지도 않았다. 그가 속사포처럼 말을 쏟아냈다.

"내가 오늘 「레베이」 근처에서 약속이 있었어. 신문사에 들르겠다고 말하려고 너한테 전화했는데, 네가 없더라고. 그래서 5시 반에 곧장 신문사로 갔거든. 그렇게 된 거야."

"그렇게 됐구나."

루실은 무심결에 되뇌었다.

"네가 출근하지 않은 지 석 주 째래. 넌 그동안 단 한 푼도 못 벌었고. 난…"

앙투안은 이제껏은 나직하게 말하다가 돌연 언성이 높아졌다. 그가 넥타이를 와락 풀어헤치더니 루실에게 던졌다.

"이 새 넥타이는 어디서 난 거야? 저 음반들은? 점심은 어디서 먹었어?"

"진정해, 소리 지르지 마… 설마 내가 거리의 여자라도 됐다고 생각하는 건 아니겠지?. 우스운 생각 말고…"

루실은 앙투안의 따귀에 놀라 몸이 굳은 채 움직일 수 없었고, 그를 안심시키기 위해 억지로 지었던 엷은 미소마저 충격으로 미처 지우지 못해 얼마간 간직했다. 볼에서 열기가 느껴졌다. 그녀의 손이 저절로 볼로 올라갔다. 이 어린아이 같은 동작이 앙투안의 분노를 가중시켰다. 무기력한 사람들의 분노에는 끈질기고 고통스러운 데가 있었다. 희생자보다 사형집행인이 더 고통스러운.

"네가 뭘 했는지는 몰라도, 나한테 지난 석 주 동안 입만 열었다 하면 거짓말을 했다는 건 알아. 그게 내가 아는 전부야."

침묵이 흘렀다. 루실은 앙투안이 날린 따귀에 대해 생각했다. 그녀는 분노와 재미있다는 생각이 뒤섞인 감정으로 그가 방금 행동으로 인정한 사실을 문제시했다. 앙투안의 분노는 그녀에게는 늘 사실보다 과해 보였었다.

앙투안이 말했다.

"샤를이야."

루실은 어안이 벙벙하여 그를 올려다보았다.

"샤를?"

"그래, 샤를. 넥타이, 음반, 네 스웨터, 네 삶."

루실은 마침내 깨달았다. 순간 웃고 싶었으나, 앙투안의 참담하고 핏기가 가신 얼굴을 보았다. 그를 잃을까 봐 더럭 겁이 났다. 지독하게 두려웠다. 그녀는 황급히 말했다.

"샤를이 아니야, 포크너가 그런 거야. 절대 그런 거 아니야, 설명할게, 돈은 진주목걸이를 팔아서 나온 거야."

"어제도 목에 걸었잖아."

"가짜야. 자세히 보면 바로 알 수 있어. 깨물어봐도 되고, 네가 직접…."

앙투안에게 진주를 깨물어보라고 권유할 때가 아니었다. 포크너를 언급할 때도. 루실도 이를 잘 알았다. 확실히 그녀는 거짓말보다 진실에 서툴렀다. 볼이 홧홧했다.

"난 계속 일할 수가 없었어…."

"보름 만에…."

"보름 만에, 그래. 그래서 '도리스네'에 갔었어. 방돔 광장에 있는 귀금속점이야. 진주목걸이를 팔고 복제품을 만들었어. 그렇게 된 거야."

"그럼, 대체 하루 온종일 뭘 해?"

"거리를 거닐고, 여기에 있어. 그전처럼."

앙투안이 그녀를 뚫어져라 바라보았다. 그녀는 시선을 회피하고 싶었다. 하지만 오래 전부터 이런 상황에서 시선을 회피하는 건 거짓말의 증거라는 공공연한 합의가 있어왔다. 따라서 루실은 앙투안을 똑바로 쳐다볼 수밖에 없었다. 그의 황금색 눈동자가 어두워졌다. 그녀는 분노가 그를 더 미남으로 만든다고, 지극히 드문 경우라고 어렴풋이 생각했다.

"네 말을 어떻게 믿어? 석 주 동안 거짓말을 일삼았는데."

"그밖엔 고백할 게 아무것도 없으니까."

루실은 무기력하게 말하며 시선을 돌렸다. 그녀는 이마를 창문에 기대고서, 무심결에 지붕 위를 사부작거리는 고양이의 여유로운 발걸음 소리에 귀를 기울였다. 이 한파에 이례적인 여유로움이었다. 그녀는 차분한 목소리로 말을 이었다.

"말했었잖아, 난 일을 하게 생겨먹질 않았어…. 못하겠어. 그만두지 않았으면 난 죽거나 추해졌을 거야. 난 불행했어, 앙투안. 네가 날 비난할 수 있는 건 그게 전부야."

"왜 진즉에 나한테 얘기 안 했어?"

"너는 내가 일하는 걸 좋아했으니까. 내가 '삶'에 관심을 갖는 걸… 난 그런 척은 할 수 있었으니까."

앙투안은 침대에 드러누웠다. 두 시간을 끝도 없는 절망감과 질투로 보낸 터였다. 분노가 그를 기진하게 했다. 그는 루실을 믿었다. 루실이 진실을 이야기했다는 걸 알았다. 이 진실이 그를 안심시키는 동시에 한없이 쓸쓸하게 했다. 루실은 혼자였고, 늘 혼자일 터였다. 한순간 혹시 루실이 그를 속이는 게 더 나았던 건 아닌지 의문이 들었다. 그는 멀게 느껴지는 목소리로 그녀의 이름을 발음했다.

"루실… 넌 나한테 아무 믿음이 없니?"

루실이 앙투안에게 몸을 기울이는가 싶더니 다음 순간, 그의 볼에 이마에 눈에 키스했다. 그녀는 사랑한다고, 너만을 사

랑한다고, 넌 미쳤고 어리석고 잔인하다고 웅얼거렸다. 그는
그녀가 하는 대로 내버려 두었다. 얼굴에 설핏 미소도 비쳤다.
그는 철저히 절망했다.

21

한 달이 흘렀다. 루실은 이제 합법적으로 자신의 소굴에 들어앉았으나, 앙투안이 퇴근하고 돌아와 무얼 했느냐고 물으면 "아무것도"라고, 한결같이 "아무것도"라고 대답하며 어떤 불편함을 느꼈다. 앙투안은 아무 가시도 없이 무의식적으로 묻는 것이었다. 그래도 어쨌든 질문은 던졌다. 이따금 루실은 그의 시선에서 일종의 막연한 슬픔과 불신을 식별해냈다. 그는 그녀를 열정적으로, 맹렬한 기세로 사랑했고, 끝나면 천장을 보며 멍하니 누워있었다. 루실이 머리를 기대면 그는 그녀를 보지 않으면서 보는 것 같았다. 심지어 그녀 대신에 바다 위를 미끄러지는 여객선이라든가 바람에 실려 가는 구름을, 아무튼 움직이고 사라지는 중인 무언가를 보는 듯했다. 하지만 그는 이렇게까지 그녀를 사랑한 적이 없었고, 그녀한테도 이런 마음을 이야기했다. 그러면 루실은 그에게서 머리를 떼어 옆에 누우며 눈을 감고서 침묵했다.

많은 사람들이 다 듣지 않고 암시만으로 이해한 것을 잊지만, 완전한 침묵은 어처구니없고 황당하고 부조리한 걸 의미할 수 있다는 것 또한 잊는다. 루실은 감은 눈꺼풀 속에서 유년 시절의 편린이 지나가는 것을 보았다. 잊혔던 몇몇 남자들의 얼굴이, 샤를의 측근들의 얼굴이 스치는 것을 보았다. 문득 디안의 침실 카펫에 뒹굴던 앙투안의 넥타이, 혹은 프레카틀랑 식당 옆에 서있던 아름드리나무의 형태가 기억났다. 그리고 그 모든 기억이 그녀가 행복했을 때 기꺼이 삶이라고 불렀던 균일하고 어렴풋한 하나의 무리를 형성하는 대신에, 그녀가 덜 행복한 지금은 위태롭고 혼란스러운 마그마가 되었다. 앙투안이 옳았다. 그들은 대체 무엇이 될 것인가, 둘이서 어디로 노를 저어 갈 것인가, 그들은 무엇이 되었는가? 파리에서 가장 아름다운 여객선이었던 이 침대가 표류 중인 뗏목으로 변했고, 그토록 친근하던 이 방은 추상적이 되었다. 그가 루실의 머릿속에 미래의 개념을 주입했고, 그럼으로써 그들 사이의 미래를 아예 불가능한 것으로 만들어버린 것 같았다.

1월 아침, 루실은 가슴에 극심한 통증을 느끼며 잠에서 깨어났다. 앙투안은 벌써 출근하고 없었다. 그는 그녀가 회복기의 환자라도 되는 듯, 이제 더러 그녀를 깨우지도 않고서 떠나버렸다. 루실은 욕실로 갔고, 환자 같은 자신의 모습에 놀라지 않았다. 전날 빨아두어야 했을 스타킹이 작은 라디에이터 위에서 말라있었다. 루실은 그걸 보면서 서랍장에 다른 스타킹이 없다는 걸, 방도 이 욕실만큼이나 협소하다는 걸, 한마디로 자신은 능력이 되지 않는다는 걸 깨달았다. 그렇기 때문에 그녀는 앙투안의 아이를 낳지 않기로 결심했다.

　루실한테는 4만 프랑이 남았고, 그녀는 임신했다. 기나긴 투쟁 끝에 결국 삶에 붙들리고 발목이 잡혔다. 그녀와 같은 지하철 칸에 탔던 사람들이 감내하는 그것에 의해, 작가들이 묘사하는 그것에 의해. 무책임이 벌을 받는 세계 말이었다. 앙투안은 루실을 사랑했고, 그녀가 상황을 알리는 방식에 따라 기꺼이 미래의 아버지 노릇을 하리라. 만일 그녀가 '우리한테 무언가 기쁜 일이 생겼어'라고 말한다면 그는 이 아이를 행복으로 받아들일 것이었다. 루실은 그것을 알았으나 그녀에게는 그럴 권리가 없었다. 이 아이는 그녀의 자유를 결정적으로 박탈할 것이고, 그렇게 되면 그녀는 행복하지 못할 터였다. 또한 그녀는 알았다. 그녀가 앙투안을 실망시켰고, 모든 것을 실망의 증거로 간주하는 열정의 단계로 그를 이끌었다는 것을. 이 사건 또한 그렇지 않음에도, 그는 그렇게 간주할 것이었다. 루실은 그를 너무도 사랑해서, 혹은 충분히 사랑하지 않아서 이 아이를 원하지 않았다. 그녀는 오직 앙투안만을, 행복하고 금발이고 황금색 눈빛이고 자유롭게 그녀를 떠날 수 있는 앙투안만을 원했다. 이것은 아마 그녀가 유일하게 정직한 부분일 터였다. 모든 책임을 단호하게 거부하면서, 다른 사람에게도 책임을 지우지 않는 것. 지금은 해변으로 달려가는 세 살짜리 앙투안 2세나 아들의 숙제를 엄격하게 수정해주는 앙투안을 꿈꾸고 있을 때가 아니었다. 눈을 크게 뜨고서 이 방과 아기 침대의 크기를 비교하고, 앙투안의 월급과 보모의 월급을 비교할 때였다. 그 모든 것이 양립 불가능했다. 그런 모든 것을 잘 헤쳐 나갈 수 있는 여자들도 있었으나 루실은 그런 여자가 아니었다. 그녀 자신에 대해서도 꿈꿀 때가 아니었다.

따라서 루실은 앙투안이 돌아왔을 때 난처한 일이 생겼다고 알렸다. 그는 잠시 창백해졌다가 그녀를 와락 끌어안았다. 앙투안이 꿈꾸는 듯한 목소리로 말했고, 그녀는 어리석게 턱이 굳어지는 자신을 느꼈다. 그가 물었다.

"정말 갖고 싶지 않은 거 확실해?"

"내가 원하는 건 오직 너야."

루실은 경제적 어려움에 대해서는 이야기하지 않았다. 그를 모욕하게 될까 봐 두려웠다. 앙투안은 루실의 머리칼을 쓰다듬으며 그녀가 원하기만 한다면 그녀가 낳는 아이를 열렬히 갖고 싶다고 생각했다. 다만 루실은 회피하는 인간이었고, 그는 그래서 그녀를 사랑했다. 그걸로 그녀를 비난할 수는 없었다. 그는 마지막 노력을 기울였다.

"결혼할 수도 있어. 이사도 하고."

"어디로 가? 그리고 아이가 생기면 온통 그 애한테 얽매이게 될 거야. 네가 퇴근해서 돌아오면 난 지치고 우울해있을 거고… 그러면….”

"그럼 다른 사람들은 다 어떻게 하는 건데?”

"그 사람들은 우리처럼 하지 않지.”

루실은 대답하며 그의 품에서 벗어났다.

그녀의 말은 이런 뜻이었다. ‘그들은 기를 쓰고 행복하지 않기로 결정한 거야.’ 앙투안은 아무런 대답도 하지 않았다. 그들은 밤에 외출하여 거나하게 마셨다. 다음 날, 앙투안이 친구에게 필요한 주소를 묻기로 했다.

22

인턴은 각지고 추한 얼굴에 경멸 어린 표정이었다. 루실로서는 그가 스스로를 경멸하는 것인지, 아니면 그가 2년 전부터 8만 프랑이라는 저렴한 금액으로 그럭저럭 근심을 덜어주고 있는 모든 여자들을 경멸하는 것인지 의문이었다. 그는 여자들의 집에서 마취도 없이 이 일을 하고 있었고, 혹여 상황이 잘못되더라도 다시 오지 않았다. 이튿날 저녁으로 약속이 잡혔다. 루실은 그를 다시 보아야 한다는 생각만으로도 두려움과 증오심에 몸이 덜덜 떨렸다. 앙투안이 부족한 돈 4만 프랑을 출판사에서 어렵사리, 운 좋게, 가불받았다. 그는 문제의 인턴을 만나지 못했다. 이상한 윤리의식인지 신중함인지, 그 인턴은 '아빠들'을 만나기를 거부했다.

로잔 근방에 있는 스위스인 의사에게 가는 방법도 있었다. 하지만 금액 20만 프랑에, 항공권을 포함한 여행 경비도 있어야 했다. 이 가능성은 배제해야 했다. 루실은 앙투안한테는 아예 말도 꺼내지 않았다. 로잔의 의사 진료실은 사치스런 주소였다. 병원은 생각할 수도 없었다[11]. 루실은 저 도살업자의 손

---

11 프랑스에서 자발적 임신중단이 합법화된 1975년 이전의 상황이다.

에 맡겨졌다가 놓여난 뒤, 몇 달간 쇠잔해진 몸을 이끌고 다녀야 하리라. 너무도 어리석고 추악했다. 자신의 실수에 대해 절대 후회란 하지 않는 루실이건만, 이번만큼은 성급하게 팔아버린 진주목걸이를 씁쓸하게 떠올리며 아쉬워하지 않을 수 없었다. 그녀는 패혈증에 걸려 『야생 종려나무』의 여주인공 신세가 되고, 앙투안은 감방에 가게 되리라[12]. 루실은 짐승처럼 방 안을 휙 둘러보더니, 자신의 얼굴과 날씬한 몸을 거울에 비춰 보며 추하고 병약하고 쇠잔해진 채, 살아가는 행복의 큰 부분을 차지했던 이 당당한 건강을 영영 잃은 자신을 상상했다. 왈칵 분노가 치밀었다. 오후 4시, 루실은 앙투안에게 전화를 걸었고, 그가 기운 없고 수심 가득한 목소리로 전화를 받자 두려움을 토로할 용기를 내지 못했다. 어쩌면 그 순간, 그가 요청했다면 그녀는 아이를 간직하기로 결심했을지도 몰랐다. 하지만 루실은 앙투안이 낯설고 무기력하다고 느꼈고, 문득 무엇이든 다른 보호가 절실해졌다. 여자 친구가 한 명도 없는 것이 유감이었다. 전적으로 여성적인 이 문제들에 대해 의논하고, 지금까지 그녀를 공포스럽게 했던 세부적인 변화들에 대

---

12 『야생 종려나무』의 줄거리를 빗댄 것. 종합병원 인턴인 해리가 유부녀인 샬롯과 탄광촌으로 도망쳐 살다가, 샬롯이 임신하자 자신이 불법시술을 하고 그 후유증으로 샬롯이 사망한다. 해리는 불법의료행위 죄목으로 감옥에 갇히고, 자살도 생각하지만 샬롯이 이 땅에 살아있었다는 산 증거로서, 고통을 안고 살아가기로 결심한다.

해 물어볼 수 있는 친구가 없었다. 정말이지 아는 여자가 없었다. 그나마 폴린이 유일한 친구였으리라. 이 이름을 중얼거리자 자동적으로 샤를에 생각이 미쳤다. 그녀가 불편한 과거처럼 기억에서 지워버렸던 이름, 앙투안을 여전히 고통스럽게 만들 수 있을 이름. 순간 그에게 도움을 요청할 수 있겠다는 생각이 들었다. 아무도 그녀를 막지 못할 터였다. 샤를이야말로 이 악몽이 사라지게 하기 위해, 실질적인 무언가를 할 수 있는 유일한 사람이었다.

루실은 전화를 걸었다. 오래된 그의 사무실 번호를 눌러, 비서에게 인사했다. 그는 자리에 있었다. 루실은 그의 목소리를 들으며 묘한 감정에 사로잡혔다. 그녀는 잠시 숨을 멈춘 뒤 말했다.

"샤를, 만나고 싶어요. 문제가 생겼어요."

그가 침착하게 대응했다.

"한 시간 뒤에 차를 보내겠소. 그럼 되겠소?"

"네, 네. 이따 만나요."

루실은 그가 전화를 끊기를 기다리다가 계속 수화기를 들고 있자, 한 치의 오차도 없는 그의 예절을 기억하며 먼저 전화를 끊었다. 서둘러 옷을 갈아입고서 창문에 이마를 기댄 채 15분 남짓 기다리자니 차가 도착했다. 운전기사가 반갑게 인사했다. 루실은 익숙한 차에 자리 잡으며 한없는 안도감을 느꼈다.

폴린이 문을 열어주며 키스했다. 아파트는 변함이 없었다. 따뜻하고 광활하고 고요했으며, 영국 가구들 밑의 카펫은 보는 것만으로도 포근한 파란색이었다. 그녀는 잠시 자신이 추레하다고 느끼고는 웃음을 터뜨렸다. 어느 면으로는 돌아온 탕아가 된 기분이었다. 그런데 그 탕아가 자신도 아이면서 아이를 갖고 있었다. 차가 다시 샤를을 데리러 출발했다. 루실은 예전처럼 부엌에서 위스키를 앞에 두고서 폴린과 마주 앉았다. 폴린이 루실에게 여위고 눈가에도 다크서클이 내려앉았다며 중얼거렸다. 루실은 폴린의 어깨에 와락 달려들어 자신의 운명을 내려놓고 싶었다. 동시에 자신을 이곳에 혼자 먼저 와 있게 한 샤를의 배려에 감탄했다. 마치 이곳이 아직도 그녀의 집인 것처럼, 그녀에게 과거에 다시 익숙해질 시간을 주었던 것이다. 루실은 그것이 노련함이라는 생각은 미처 하지 못했다. 샤를이 집 안에 들어서며 외쳤다. "루실!" 이 거의 즐거운 목소리에 그녀는 문득 6개월 전으로 되돌아간 기분을 느꼈다.

샤를 역시 여위고 나이 들었다. 그가 그녀의 팔을 잡고서 거실로 이끌었다. 그리고 안 된다고 말하려는 폴린에게 단호하게 스카치위스키 두 잔을 더 주문한 뒤, 서재의 방문을 닫고는 루실 앞으로 와서 앉았다. 순간 루실은 움츠러드는 기분이었다. 그녀는 방 안을 한 바퀴 둘러보더니 큰 소리로 하나도 변하지 않았다고 말했다. 샤를이 "맞아요, 하나도 변하지 않았소"라고 되뇌고 나서 "나도"라고 덧붙였다. 그 목소리가 지나치게 다정해서 루실은 당혹스러워하며 그가 자기가 돌아온 것으로 착각한다고 생각했다. 그녀가 황급히 어물거리는 바람에 샤를은 무슨 소린지 다시 물어야했다.

"샤를, 나 임신했어요. 그런데 이 아이를 원치 않아요. 스위스에 가야 하는데 돈이 없어요."

그는 무언가 이런 유의 일이리라 짐작했다고 중얼거렸다.

"아이를 원치 않는 게 확실하오?"

"난 능력이 없어요. '우리는' 능력이 없어요. (그녀는 얼굴을 붉히며 덧붙였다) 난 자유롭고 싶고요."

"단지 물질적인 문제 때문이 아니라는 게 정말 확실하오?"

"정말 확실해요."

그가 일어나서 방 안을 서성거리다가 그녀를 돌아보며 슬프게 웃었다.

"삶이란 부당해, 그렇지 않소…? 난 당신한테서 아이를 얻기 위해서라면 어떤 비싼 값이라도 치렀을 거요. 당신이 원했다면 보모를 두 명 정도 둘 수도 있었을 것이고… 하지만 당신은 내 아이도 원치 않을 거요, 그렇지?"

"맞아요."

"당신은 아무것도 갖고 싶어 하지 않아, 그렇지 않소? 남편도, 아이도, 집도… 정말 아무것도. 그것 참, 신기하단 말이지."

"난 아무것도 소유하고 싶지 않아요. 알잖아요, 소유라면 질색인 거."

샤를은 책상 뒤로 가서 수표에 글을 채워 넣고 서명한 뒤, 루실에게 건넸다.

"제네바에 있는 실력 있는 의사를 알아요. 내가 바라는 건 거기로 가라는 것뿐이오. 그럼 나도 안심이 될 테니까. 약속하겠소?"

루실은 고개를 끄덕였다. 목이 메어왔다. 그에게 그렇게 다정하고 든든하게 굴지 말라고, 눈가에 고이는 게 느껴지는 이 눈물이 넘쳐나게 하지 말라고 소리치고 싶은 기분에 휩싸였다. 안도의 눈물, 씁쓸함의 눈물, 우수 어린 눈물. 그녀는 파란색 카펫에 시선을 고정하고서, 이 서재에서 늘 풍기던 담배 냄새와 가죽 냄새를 들이마셨다. 아래층에서 운전기사와 도란거리며 웃음을 터뜨리는 폴린의 목소리가 들려왔다. 루실은 따뜻한 기분, 안전한 기분을 느꼈다.

샤를은 말했다.

"알 거요, 내가 당신을 언제나 기다리고 있다는 거. 나는 당신 없이 끔찍하게 지루한 삶을 살고 있다오. 오늘 굳이 이런 말을 한다는 게 그리 우아하진 못하나, 우리가 만날 기회가 흔한 게 아니니까."

그가 애써 억지웃음을 지어 보였고, 이것이 루실에게 이 난처한 상황을 끝내게 만들었다. 그녀는 벌떡 일어나 잠긴 목소리로 "감사해요"라고 어물거리고는, 문으로 달려갔다. 앞서처럼 눈앞이 흐려진 채 계단을 내려가는 그녀의 등 뒤로 샤를이 외치는 소리가 들려왔다. "소식 줘요, 그 후에. 비서한테라도 좋으니, 꼭 소식 전해요." 빗속에서 되돌아가며 루실은 이제 살았다는 걸 알았고, 혼란스럽다고 느꼈다.

"난 이런 돈 받을 수 없어. 그 남자가 대체 날 어떻게 봤을지 단 한순간이라도 생각해봤어? 사람을 포주 취급하는 거야, 뭐야? 나더러 지금 여자를 뺏어가더니 그것도 모자라 자기가 저지른 잘못까지 남한테 해결하게 하는 놈이 되라는 거야?"

"앙투안…."

"이건 너무하지, 이건 정말 너무하지. 내가 도덕 선생은 아니지만, 한계라는 게 있어. 넌 내 아이를 거부하고, 거짓말을 하고, 나 몰래 진주목걸이를 내다 팔고, 네가 즐겁기 위해서라면 뭐든 하고 있다고. 난 정말이지 네가 현 애인의 아이를 죽이려고 옛 애인한테 돈을 빌리는 건 원치 않아. 그건 말이 안 돼."

"너한텐 내가 '네'가 지불한 돈으로 그 도살업자한테 난도질 당하는 게 더 도덕적이겠지. 마취도 없이 냉정하게 수술한 다음에 내가 감염이 되어도 죽게 내버려 둘 그런 인간한테 날 내 맡기는 게. 샤를만 끼어들지 않는다면 내가 평생 병약하게 살아도, 너한텐 차라리 그게 도덕적이야, 그렇지?"

앙투안과 루실은 빨간색 전등을 껐다. 그들은 대화 내용의 끔찍함에 흥분될수록, 목소리를 낮추며 말했다. 그들은 처음으로 서로를 경멸했고, 서로를 경멸하는 자신들을 경멸했다. 둘 다 스스로가 더는 통제되지 않았다.

"넌 비겁해, 비겁하고 이기주의자야, 루실. 넌 쉰 살이 되면 혼자 남게 될 거야, 아무것도 없이. 그땐 네 그 망할 매력도 더는 먹히지 않을 거라고. 널 따뜻하게 해줄 그 누구도 네 곁에 없을 거야."

"너도 나만큼이나 비겁해. 넌 위선자야. 네가 불편해하는 건, 내가 이 아이를 죽이는 게 아니라, 수술비를 샤를이 낸다는 거지. 내 건강보다 네 명예가 먼저인 거야. 대체 그렇게 지킨 명예를 어디에 갖다 모셔두려고? 말 좀 해봐."

그들은 싸늘했고, 서로에게 몸이 닿는 걸 피했다. 이 넓은 침대에서 세상의 모든 무게를 짊어진 기분이었다. 고독한 저녁 시간, 궁핍한 경제 사정, 자글자글한 주름들이 보였다. 화염의 바다 속에서 원자폭탄이 발사되는 것이 보였다. 힘겹고 적대적인 미래가 보였고, 서로가 없는 삶이, 사랑 없는 삶이 보였다. 앙투안은 만일 루실이 스위스로 떠나게 내버려 둔다면 자신을 용서할 수 없을 것이고, 루실을 원망할 것이며, 그것이 그들의 사랑의 끝이 되리라고 느꼈다. 루실이 이 아이를 간직한다면 그녀는 점차로 고된 나날에 짓눌려 지겨워하고 그를 더는 사랑하지 않게 되리라고 느꼈다. 그녀는 남자들을 위한 여자였지, 아이들을 위한 여자가 아니었다. 그녀 자신부터 결코 충분한 어른이 되지 못할 터였다. 언젠가 혹여 그녀가 어른이 된다면 그땐 이런 식으로 사랑하지 않으리라. 그는 종일토록 생각했다. '이건 말이 안 돼, 모든 여자가 늦든 빠르든 그런 과정을 거쳐, 아이를 낳고 돈 문제를 겪고. 그게 인생이고, 루실도 그걸 깨달아야 돼. 그렇게 이기적이기만 해서는 안 된다고.'

하지만 막상 루실을 맞닥뜨리면 그 해맑고 무심하고 아무것도 모르고 아무것도 신경 쓰지 않는 얼굴을 보면, 그 모든 것이 그녀한테는 부끄러운 결점이라기보다는, 깊은 곳에서 우러나는 힘이라는 생각이 들었고, 그녀를 지극히 자연스럽게 현실로부터 돌려놓는 동물이 그녀 안에 숨겨져 있는 듯한 기분이 들었다. 그렇게 앙투안은 10분 전만 해도 경멸하던 것에 대해 희미한 존경심마저 드는 것을 어찌할 수 없었다. 범접 불가라고 할까. 루실의 행복하려는 의지가, 원형 그대로의 온전하고 순수한 이기주의와 무심함이, 그녀를 범접 불가한 존재로 만들었다. 앙투안의 입에서 기이한 신음이 새 나왔다. 유년 시절에서 비롯된 듯한, 그가 세상에 태어날 때 터뜨린 듯한, 모든 남자의 운명에서 비롯된 듯한 신음이었다.

"루실, 부탁이야, 이 아이를 낳자, 이 아이가 우리의 유일한 기회야."

루실은 대답하지 않았다. 몇 분 뒤, 앙투안이 그녀를 향해 손을 내밀어 얼굴을 어루만졌다. 그녀의 볼을 타고 턱으로 흘러내리는 눈물이 만져졌고, 그는 그 눈물을 서툴게 닦아주었다.

"월급을 올려달라고 할게. 함께 헤쳐 나가자. 저녁에 와서 애들을 봐주는 대학생들이 많아. 아니면 종일토록 보육원에 맡겨놓을 수도 있을 거야…. 그리 어렵지 않아. 그렇게 애가 한 살, 두 살, 열 살이 될 거고, 그땐 보육원에 맡길 필요도 없지. 첫날 이런 말을 했어야 하는데, 왜 그러지 않았는지 나도 모르겠어. 해보자, 루실."

"넌 네가 왜 그러지 않았는지 잘 알아. 자신이 없었으니까. 나만큼이나."

루실은 차분한 목소리로 말했지만 끊임없이 울먹거렸다.

"우린 시작부터 그렇지 않았으니까. 우린 오랫동안 숨어서 만나고, 사람들을 속이고 불행하게 만들었어. 우린 함께 속이고 쾌락을 즐기면서 통했지만, 함께 불행한 건 못해. 우린 좋은 것만을 보며 결합한 거야. 앙투안, 너도 잘 알 거야… 너도 나도… 남들처럼 생겨먹지 않았어."

루실이 엎드리며 머리를 앙투안의 어깨에 기댔다.

"태양, 해변, 한가로움, 자유… 이게 우리가 누릴 것들이야, 앙투안. 우리도 어쩔 수가 없다고. 그게 우리의 정신에, 피부에 뿌리 박힌 걸. 어쩌면 우린 사람들이 타락했다고 말하는 그런 사람들일지도 몰라. 하지만 난 그렇지 않은 척할 때, 더 타락했다는 기분을 느껴."

앙투안은 대답하지 않았다. 그저 천장에 어른거리는 가로등 불빛의 얼룩을 바라보았다. 프레카틀랑에서 그가 강제로 춤추게 하려고 했을 때 아연실색하며 눈물을 글썽이던 루실의 얼굴이 떠올랐다. 그때 그 눈물에서 그가 느꼈던 한없는 향수가, 그녀가 그의 품에 안겨 밤새 울고 그가 그런 그녀를 달래줄 수 있기를 열렬히 바랐던 기억이 떠올랐다. 지금 그녀가 옆에서 내내 울고 있고 그의 소원은 이루어졌으나, 그는 그녀를 달랠 수 없었다. 거짓말을 할 필요가 없었다. 그는 이 아이를 열렬히 원하지 않았다. 그가 원하는 건 오직 그녀, 혼자이고 붙잡을 수 없으며 자유로운 그녀였다. 그들의 사랑은 늘 불안과 느긋함과 관능에 기대고 있었다. 루실을 향해 불쑥 맹렬한 애정이 솟구쳤다. 그는 이 절반의 여자, 절반의 아이, 일종의 불구자이자 무책임한 그의 사랑을 품에 안으며 그녀의 귀에 대고 나직하게 말했다.

"내일 아침에 제네바행 비행기표 끊으러 갈게."

23

　다섯 주가 지났다. 수술은 잠깐이었고, 성공적이었다. 루실은 돌아오는 길에, 샤를을 안심시키기 위해 그에게 전화를 걸었다. 그는 자리에 없었다. 루실은 비서에게 메시지를 남기며 희미한 실망감을 느꼈다. 앙투안은 책임을 맡은 새로운 문학 시리즈에 한창 몰두해있었다. 근래 출판계에 불어 닥친 여러 바람 중의 하나 덕분에 그의 상황이 현저히 나아졌다. 앙투안과 루실은 앙투안의 친구들이며 직장동료들이며 지인들과 저녁 식사를 하는 경우가 빈번해졌고, 루실은 그들에게 끼치는 앙투안의 영향력을 보면서 놀라고 반가웠다. 그들은 제네바에 대해서는 일절 언급하지 않았고, 이제 어느 정도 조심하게 되었다. 사실상 그리 힘들 것이 없었다. 루실은 피로했고, 앙투안은 그녀를 충분히 걱정했기 때문이다. 밤에 잠들기 전에 다정하게 키스하는 일도 종종 있었다. 누군가 먼저 상대를 향해 얼굴을 돌린 뒤, 이어서 등까지 돌리는 식이었다.

　루실은 플로르 카페에서 조니와 마주쳤다. 비가 퍼붓는 2월의 오후였다. 그는 예술 잡지를 곁눈질로 읽고 있었다. 근처 기다란 의자에 매력적인 금발의 젊은 남자가 앉아있었기 때문이다. 루실이 살금살금 그 앞을 지나가려는데 그가 그녀를 부르더니 반색하며 한 잔 사겠다고 제안했다. 루실은 그의 곁에 가서 앉았다. 그는 확연하게 구릿빛으로 그을렸다. 그가 클레르부터 그스타드까지 아우르는 최근의 연애사에 대해 늘어놓으며 루실을 한참 깔깔거리게 만들었다. 디안은 쿠바인 외교관을 영국인 소설가로 갈아치웠는데, 이 소설가가 젊은 남자들과 바람을 피웠고 조니는 당연히 이 사실에 신나했다. 조니가 앙투안의 안부를 건성으로 물었고, 루실도 건성으로 대답했다. 이토록 자유롭게, 이토록 악의적으로 웃어본 것이 언제였던가. 앙투안의 친구들은 대부분 지식인들이었으나 무시무시하게 진지했다.

조니가 말했다.

"샤를이 오매불망 당신만 기다리고 있는 거 알죠? 클레르가 클레르보에 사는 젊은 여자를 품에 안겨줬는데도 이틀밖에 못 가더라고요. 난 그렇게 하품이 많은 남자는 본 적이 없어요. 동선도 호텔 로비에서 호텔 바 아니면 호텔 식당이니. 그걸 보고 있는 우리가 다 우울증에 걸릴 지경이라니까요. 대체 샤를한테 무슨 짓을 한 거예요? 당신은 보통 남자들한테 어떻게 해요? 난 정말 당신 충고가 필요하다고요."

조니가 미소 지었다. 그는 루실에게 애정이 있었기에, 낡은 투피스를 걸치고 머리도 헝클어진 그녀의 모습에 마음이 언짧았다. 그녀한테는 늘 소녀의 매력, 어느 것에도 아무 상관없고 모든 것에 즐거워하는 매력이 있었다. 그런데 지금 그녀는 창백하고 야위었다. 그는 걱정스러웠다.

"행복해요?"

루실은 행복하다고 매우 빨리, 너무 빨리 대답했고, 조니는 이 태도에서 그녀가 지겨워하고 있다고 결론지었다. 따지고 보면 샤를 블라상스 리니에르는 그에게 늘 친절했다. 왜 루실을 그에게 되돌려놓을 생각을 하지 못했지? 그것은 선행이 될 터였다. 그는 방법을 찾으면서, 8개월 전, 이미 전날 연인이 된 루실과 앙투안이 그 세련된 미국인이 주최한 칵테일 파티에서 욕망으로 하얗게 질린 채 서로를 바라보는 것을 보면서 느꼈던 강렬한 질투심을 까맣게 잊었다. 그는 말했다.

"언제 하루, 샤를한테 전화해봐요. 안색이 몹시 안 좋더라고요. 클레르 말로는 심각한 병에 걸렸을지도 모른대요…."

"심각한 병이라면…."

"요새 암이 좀 많아야죠. 샤를도 정말 뭔가 그런 건 아닌지 염려돼요."

거짓말이었다. 그는 보다 창백해진 루실의 얼굴을 재미있어하며 지켜보았다. 루실은 생각했다. 샤를… 그토록 친절한 샤를이 그 큰 아파트에서 혼자라니. 그가 사랑하지 않고 그를 사

랑하지도 않는 그 모든 사람들, 돈 때문에 그의 품으로 뛰어
든 그 모든 여자들에게 버려져 혼자인 샤를. 그에게 전화해야
했다. 게다가 앙투안도 이번 주 내내 점심과 저녁에 중요한 식
사 약속이 있었다.

루실은 조니에게 알려줘서 고맙다고 인사했다. 조니는 클레
르가 루실을 싫어한다는 걸 뒤늦게 기억해냈다. 아마 루실이
샤를과 다시 연결된 걸 알면 노발대발하리라. 하지만 고귀한
클레르에게 이따금 짓궂은 장난을 치는 것도 나쁘지 않았다.

그래서 루실은 그 아침, 샤를에게 전화했고, 다음날 점심 식
사 약속을 잡았다. 싸늘하고 화창하고 청명한 겨울날이었다.
샤를은 몸을 데우기 위해 식사 전에 칵테일 몇 잔을 필히 함께
마셔야 한다고 주장했다. 호텔 지배인들의 손이 저공비행하는
제비들처럼 테이블 바로 위를 유영했다. 호텔의 식당 안은 감
미롭게 따뜻했고, 가벼운 웅성거림은 안도감이 들게 했다. 샤
를이 능숙한 지식으로 메뉴를 선택했다. 그는 루실의 취향을
죄다 기억했다. 루실은 그의 얼굴을 주의 깊게 살펴보며 병명
을 간파하려 했으나, 그는 오히려 지난번에 만났을 때보다 더
젊어진 듯했다. 루실은 살짝 나무라는 투로 느낀 바를 말하지
않을 수 없었다. 그가 미소 지었다.

"겨울에 좀 앓았소. 기관지염이 영 떨어지질 않아서, 석 주 동

244

안 미친 듯이 스키만 탔더니 말끔해졌지."

"조니는 당신 건강에 심각한 문제가 생겼다고 하더라고요…."

그는 명랑하게 말했다.

"내가? 난 끄떡없소. 혹시 문제가 있었다면 당신한테 알렸을 거요."

"꼭 그래야 해요. 맹세하죠?"

그가 정말로 놀란 표정을 지었다.

"맙소사, 당연하지, 맹세하겠소. 그 맹세하는 버릇은 아직도 못 고친 거요? 그러고 보니 맹세해본 지가 언젠지도 모르겠네."

샤를이 다정한 너털웃음을 터뜨렸고 루실도 따라 웃었다.

"조니가 나한테 당신이 암에 걸렸을지도 모른다고 했거든요."

그가 웃음을 뚝 그쳤다.

"그래서 나한테 전화한 거요? 어쨌든 내가 혼자 죽는 게 싫어서?"

루실은 고개를 주억거렸다.

"당신을 다시 만나고 싶기도 했고요."

루실은 스스로도 크게 놀라며 자신의 말이 사실임을 깨달았다.

"난 살아있소, 나의 루실, 비참하도록 살아있지. 물론 살아

있다는 단어가 나보다 더 살아있는 느낌이긴 하지만. 요샌 일을 더 한다오. 내 집에서 혼자 살아갈 용기가 없어서 외출을 자주 하고."

샤를이 잠시 말을 끊었다가 목소리를 더욱 낮추며 말했다.

"머리칼은 여전히 검정색이고, 눈동자는 여전히 잿빛이군. 당신은 무척 아름답소."

루실은 누군가 그녀에게, 그녀의 색깔에 대해, 나아가 외모에 대해 말해준 것이 실로 오래전의 일이라는 것을 깨달았다. 앙투안은 분명 자신의 욕망으로 모든 것이 설명되리라고 믿었으리라. 어쨌든 마주 앉은 이 성숙한 남자가 그녀를 당장 이룰 수 있는 욕망으로서가 아니라 닿을 수 없는 대상으로서 응시하는 건 기분 좋은 일이었다.

"혹시 목요일 저녁에 시간을 낼 수 있을지 모르겠소. 라몰 부부가 생루이 섬에 있는 자기네 저택에서 아주 멋진 콘서트를 열거든. 당신이 좋아하는 모차르트의 플루트와 하프를 위한 협주곡을 연주할 거요. 루이즈 웨르마가 직접 와서 연주하기로 했소. 어때요, 역시 어렵겠지?"

"왜요?"

"앙투안이 음악을 좋아하는지도 모르겠고, 내 초대라고 하면 썩 내켜 하지 않을 것 같아서 말이오."

이 초대는 샤를다웠다. 그는 루실을 앙투안과 함께 초대했다. 무엇보다 그는 예의 바른 남자였다. 루실을 만나지 못하는 것보다는 앙투안과 함께 만나는 편을 택했던 것이다. 샤를은 계속해서 루실을 기다릴 것이고, 무슨 일이 있어도 그녀에게 발생하는 모든 문제를 해결해줄 터였다. 그녀는 그를 6개월 동안 잊고 있었다. 그녀가 그에게 연락하기 위해서는 그가 죽을 위기여야만 했다. 그는 대체 어떻게 된 사람일까? 지독하게 불공평한 이 관계를 어떻게 견디는 것일까? 보상도 없는, 이 정도의 사랑과 관대함과 다정함을 지탱하는 요소는 대체 무엇인가?

"왜 날 아직도 사랑하죠? 왜?"

루실은 거의 원망을 담아, 아프게 물었다. 샤를이 잠시 머뭇거렸다.

"당신이 날 사랑하지 않아서라고 할 수 있지. 당신이 이해하든 말든 그건 정말 중요한 이유라고 할 수 있소. 그리고 당신의 행복하려는 의지도 사랑하고. 하지만 당신한텐 다른 매력이 있소, 그건⋯"

그는 잠시 망설였다.

"글쎄, 나도 잘 모르겠소. 도약이라고 할까. 당신은 어딘가로 걸어가는 중인 것 같은데, 실은 어디로도 가고 싶어 하지 않는 단 말이지. 일종의 갈망은 있는데, 아무것도 소유하려 들지 않고 말이오. 영원히 명랑할 것처럼 경쾌한데 막상 쉽게 웃지는 않고. 알다시피 사람들은 늘 사느라 바쁜데, 당신은 당신 때문에 바쁘단 말이지. 대충 그렇소, 설명을 잘 못하겠어. 레몬 소르베 들겠소?"

루실은 꿈꾸듯 대꾸했다.

"건강에 아주 좋을 것 같군요. 앙투안은 목요일 저녁에 출판사 회식이 있어요."

루실은 덧붙였다. 사실이었다.

"혼자 갈게요. 당신이 원한다면."

당연히 원했다. 그것만 원했다. 그들은 저녁 8시 30분으로 약속을 잡았다. 그가 "집에서"라고 장소를 말했을 때, 루실은 푸아티에 가의 원룸은 단 한순간이라도 떠올리지 않았다. 푸아티에 가에 있는 건 방이었다. 그건 집이 아니었고, 집이었던 적도 없었다. 설령 그곳이 지옥이 뒤얽힌 천국이었을지라도.

24

라몰의 저택은 18세기엔 어느 대신의 저택이었다. 방들은 널찍했고, 목재 내장재들은 아름다웠다. 무정한 동시에 감미로운 양초 불빛들이(얼굴에서 재기가, 또는 재기 없음이 드러나게 하므로 무정하고, 나이를 지워주기에 감미롭다) 광활한 연회장의 매력과 공간감을 한층 증폭시켰다. 오케스트라는 구석에 마련된 일종의 작은 무대에 자리 잡고서, 유리창에 반사된 양초 불빛을 피해 비스듬하게 정렬해있었다.

루실은 20미터 아래에서 흐르는, 까맣게 반짝이는 센 강을 바라보았다. 그녀에겐 전망이며 인테리어며 음악이 너무도 완벽해서 이 연회가 비현실적으로 느껴졌다. 1년 전이었으면, 하품을 하며 어느 불운한 손님이 미끄러진다거나 유리잔이 박살나는 소리가 들리기를 바랐을 수도 있었다. 하지만 오늘 밤은 그녀 안의 무언가가, 식민지에서의 암거래 덕분에 부를 축적한 라몰이 제공하는 이 안락과 질서와 아름다움에 절망적으로 감탄했다.

샤를이 속삭였다.

"당신이 좋아하는 협주곡이 나오는군."

그는 루실 곁에 앉아있었다. 그의 연미복 셔츠의 광택과, 단정하게 손질된 머리칼과, 가지런히 정돈된 기다랗고 반점이 얼룩진 손이 눈에 들어왔다. 그 손에 스카치위스키 잔이 들려있었고, 그녀가 마시기를 원하면 언제든 건넬 기세였다. 흔들리는 불빛을 받고 있는 샤를은 멋졌다. 그는 자신감 넘치고 어린애 같으면서도 행복해 보였다. 조니는 샤를과 루실이 연회장에 함께 들어서는 걸 보며 미소를 지었다. 루실은 그에게 거짓말을 한 이유를 물어보지 않았다. 이제는 하피스트 노부인도 하프로 몸을 기울이며 루실에게 슬쩍 미소를 지었고, 플루티스트 청년도 그녀에게 묻는 듯한 시선을 던졌다. 그의 목울대가 떨리는 것이 훤히 보였다. 회중의 면면이 화려했으니 위축되었을 수도 있었다. 가히 프루스트적인 연회였다. 이곳은 베르뒤랭 부부의 집이고, 젊은 모렐은 데뷔 무대를 마쳤으며, 샤를은 스완의 분신이라 할 만했다[13].

　하지만 이 탁월한 드라마에는, 석 달 전 「레베이」의 회색 사무실에서도 그랬던 것처럼, 평생토록 자신의 삶에서도 그러할 것처럼, 루실이 맡을 역할은 없었다. 그녀는 화류계의 여인도, 지식인도, 한 가정의 어머니도 아니었다. 그녀는 아무것도 아

13　마르셀 프루스트의 『잃어버린 시간을 찾아서』에 등장하는 연회와 인물들에 현재의 상황을 비유했다. 라몰의 집은 베르뒤랭 부부의 집 연회장에, 젊은 플루티스트는 바이올리니스트 모렐에, 샤를은 완벽한 예술 애호가이자 한 여자에 대한 사랑으로 고뇌하는 스완에 대입되었다.

니었다. 루이즈 웨르마가 하프에서 조용히 뽑아내는 첫 소절에 루실은 눈물이 핑 돌았다. 이제 음악은 점점 더 애잔해질 터였다. 루실은 그걸 알았다. 점점 더 애절해질 것이고, 점점 더 돌이킬 수 없게 되리라는 걸. 행복하고 싶고 친절하고 싶었는데, 두 남자를 고통스럽게 만들 뿐이고 자신이 누구인지도 더는 알 수 없었던 사람에게는 비인간적인 음악이었다. 노부인은 이제 더는 미소를 짓지 않았고, 하프 소리는 극도로 잔인해져서 루실은 그만 손을 뻗쳐 잡히는 사람의, 다시 말해 샤를의 손을 덥석 잡지 않을 수 없었다. 이 손, 이 온기는 물론 일시적이지만 살아있는 사람의 온기였고 이 살과의 접촉, 이것만이 그녀와 죽음 사이에, 그녀와 고독 사이에, 그녀와 저쪽 세계의 모든 것에 대한 두려움 사이에 놓인 전부였다. 저쪽 세계, 그러니까 플루트와 하프가, 다시 말해 위축된 젊은 남자와 나이 든 여자가 모차르트가 눈부시게 창조한 시대 구분이 모호해진 시간 속에서 완전히 동등하게 서로를 뒤좇거나 결합하고 있는 세계 말이다. 샤를은 루실의 손을 잡은 채 놓지 않고서, 간간이 자유로운 다른 손으로 술잔을 집어 루실의 다른 손에 건네곤 했다. 루실은 그렇게 상당량을 마셨다. 음악이 꽤 길게 이어졌다. 루실의 손을 쥔 샤를의 손이 점점 확신에 차서 조여들고 옆으로 눕고 뜨거워졌다. 대체 그녀에게 비를 맞으며 시네마테크에 다녀오게 하고, 직장을 갖게 하고, 돌팔이 도살업자한테 낙태하라 했던 저 금발 남자는 누구란 말인가? 이 상냥한 사람들과 감미로운 양초 불빛과 푹신한 소파와 모차르트 음악을 타락했다고 매도하는 그 앙투안이라는 남자는 대체 누구란 말인가? 물론 앙투안은 그렇게 말하지 않았다. 적어도 소파와 양초와 모차르트에 대해서는. 하지만 이 사람들, 그녀에게 모든 걸 제공하는 이 사람들에 대해서는 그렇게 말했었다. 게다가 이 사람들은 목구멍으로 물처럼 흘러 들어가며 뜨거워지는 이 황금색의 차가운 액체까지 그녀에게 주었단 말이다. 루실은 취했고, 미동도 없이 샤를의 손에 붙박인 채 만족감을 느꼈다. 그녀는 샤를을 사랑했다. 이 과묵하고 다정한 남자를 사랑했다. 그녀는 그를 늘 사랑해왔다. 그를 떠나고 싶지 않았다. 그녀는 차에서 그렇게 선언했고, 자신의 말에 샤를이 보인 곤혹스런 미소에 놀랐다.

"내가 가진 전부를 주고라도 그 말을 믿고 싶지만, 지금 당신은 취했소. 당신이 사랑하는 건 내가 아니오."

물론 루실은 베개에서 앙투안의 머리칼과 그녀의 몸에 얹히는 그의 기다란 팔을 보며 샤를이 옳았다는 것을 알았다. 동시에 묘하게 유감스런 기분이 들었다. 처음으로….

그리고 이 처음이 수차례 반복되었다. 분명 그녀는 여전히 앙투안을 사랑했지만, 그를 사랑하는 것이 더는 좋지 않았다. 그들의 공동생활, 경제적 궁핍에서 비롯된 격정의 부재가, 단조로운 일상이 더는 좋지 않았다. 앙투안은 그것을 느꼈고 바깥 활동을 두 배로 늘리며 루실을 거의 방치하다시피 했다. 예전엔 기다림으로 충만했던 빈 시간들이 정말로 빈 시간들이 되었다. 그녀가 그를 기적이 아닌 일상으로서 기다렸기 때문이다. 루실은 이따금 샤를과 만났으나 앙투안에게는 말하지 않았다. 황금색 눈에 깃든 체념한 고통에 질투를 추가할 필요는 없었다. 이제 밤에 그들이 벌이는 건 사랑의 행위라기보다는 투쟁이었다. 상대의 쾌락을 연장하기 위해 그토록 오랫동안 참고해왔던 학문은 점차로 보다 빨리 끝내기 위한 노골적인 기술이 되어버렸다. 권태가 아닌 두려움 때문에. 두 사람은 서로의 신음에 안도하며 잠이 들었다. 그들은 예전엔 경탄이 먼저였다는 것을 잊었다.

어느 밤, 루실은 술을 마시고서 - 요즘 들어 많이 마시곤 했다 - 샤를의 집에서 돌아왔다. 정확히 어찌된 영문인지 그녀도 납득이 되지 않았다. 다만 그녀는 언젠가 일어나야 할 일이라고 생각했고, 앙투안에게 말해야 한다고 생각했다. 루실은 새벽에 들어와 앙투안을 깨웠다. 6개월 전, 그는 똑같은 이 방에서 루실에게 깊게 빠져있는 채로 그녀를 잃었다고 생각했다. 하지만 그에게 작별을 고한 건 디안이었다. 이제 그는 루실을 영영 잃었다.

그는 권위, 혹은 카리스마, 혹은 그가 모르는 무언가가 부족했으나, 그게 무엇인지 알려 하지조차 않았다. 앙투안이 이 열패감을, 이 무력감을 집요하게 곱씹은 날들은 이미 부지기수였다. 하마터면 그는 그녀에게 이런 제스처조차 필요 없다고, 어쨌든 그녀는 그를 늘 속여왔다고, 샤를과 바람을 피우고 그녀가 살던 대로 그녀의 기질대로 살아왔다고 말할 뻔했다.

하지만 그는 지난 여름을 떠올렸다. 8월의 마지막 날 그의 어깨에 떨어졌던 그녀의 눈물의 맛을 기억했고, 그래서 아무 말도 하지 않았다. 한 달 전부터, 그녀가 제네바에 다녀 온 이후로, 그는 루실이 떠날 것을 알았다. 남자와 여자 사이에, 그 것도 그렇게 자유로운 남자와 여자 사이에 서로를 결정적으로 상처 입히지 않고서야 무슨 일이 일어날 수 있단 말인가? 어쩌면 제네바 체류가 그것일 수 있었다. 혹은 어쩌면 이 이별은 그들의 출발부터, 클레르 상트레의 집에서 함께 억눌렀던 미친 듯한 웃음에서부터 결정된 것이었는지도 몰랐다. 앙투안이 이 이별에서 회복되려면 시간이 오래 걸릴 터였다.

그는 루실의 지친 얼굴과 다크서클 위의 잿빛 눈동자와 이불에 놓인 손을 보면서 그것을 깨달았다. 그는 이 얼굴의 모든 각도와 이 몸의 모든 곡선을 알았고, 그것은 쉽사리 떨칠 수 있는 기하학이 아니었다. 루실과 앙투안은 상투적인 말들을 주고받았다. 루실은 부끄러웠다. 그녀는 아무 감정도 없었다. 분명 그녀가 떠나지 않기 위해서는, 그가 떠나지 말라고 소리치는 것만으로 충분했으리라. 하지만 그는 소리치지 않았다.

앙투안이 말했다.

"어쨌거나 넌 더는 행복하지 않았어."

"너도."

그들은 유감스러워하고 양해를 구하는, 거의 사교적인 묘한 미소를 교환했다. 루실이 일어나서 방을 나갔다. 그녀가 문을 닫았을 때에야 비로소 그는 그녀의 이름을 불렀다. "루실, 루실." 그는 그 말을 신음처럼 흘리며 자신을 원망했다.

루실은 걸어서 돌아왔다. 집으로, 샤를에게로, 고독에게로. 그녀는 자신이 삶이라는 이름에 걸맞은 모든 삶으로부터 영원히 박탈당했다는 것을 알았고, 박탈당해 마땅하다고 생각했다.

25

2년 뒤, 앙투안과 루실은 클레르 상트레의 집에서 재회했다. 루실은 결국 샤를과 결혼했다. 앙투안은 출판사의 자회사 대표가 되었고 그 자격으로 이 연회에 초대되었다. 그는 사업에 몰두해있었고, 다른 이들의 말에 좀 더 귀를 기울이게 되었다.

루실은 여전히 매력적이었고 행복한 표정이었다. 소엄이라는 이름의 젊은 영국인 남자가 루실에게 연신 미소를 보냈다. 앙투안은 루실 옆자리였다. 우연이었거나, 클레르 상트레의 마지막 장난이었거나. 그들은 문학에 대해 차분하게 토론 중이었다.

테이블의 건너편 끝자리에 앉은 젊은 영국인이 물었다.

"퇴각의 북소리라는 표현은 어디서 온 겁니까?"

한 식자가 대답했다.

"리트레 사전에 따르면 패배를 알리기 위해 울리는 신호죠."

클레르 상트레가 손깍지를 끼며 외쳤다.

"굉장히 시적이군요. 친애하는 소엄, 당신네 언어가 우리보다 더 어휘가 풍부하다는 건 알지만, 시에 관한 한 프랑스가 여왕이라는 걸 인정하세요."

앙투안과 루실은 서로에게서 1미터 남짓 떨어져 있었다. 하지만 '퇴각의 북소리'가 그들에게 더는 아무것도 상기시키지 않는 것과 마찬가지로, 클레르의 선언 또한 그들을 조금도 미친 듯 웃게 하진 못했다.

옮긴이의 말

　1954년 초순, 열여덟 살의 젊은 여성이 『슬픔이여 안녕』이라는 제목의 짧은 원고를 줄리아르 출판사에 투고한다. 같은 해 5월, 출판사는 이 원고를 다른 여러 작품들과 함께 아무 홍보도 없이 출간하고 그 1년 뒤, 이 책은 프랑스에서만 백만 부 이상의 판매고를 올린다. 프랑스 출판계에서 유례가 없던 동일 출판물의 인쇄 속도였고, 필명을 프랑수아즈 사강으로 정한 젊은 여성은 단번에 유명해지며, 한국 독자들에게도 익히 알려진 사강 신드롬이 시작된다.

　돈, 위스키, 나이트클럽, 마약 중독, 스포츠카와 속도 중독, 도박, 지중해의 고급 휴양지, 시각에 따라 후하거나 헤픈 씀씀이, 숱한 연애사, 자유롭고 경쾌한 삶의 태도, 출간될 때마다 거의 베스트셀러가 되는 소설들과 주요 주제인 사랑… 유명세에 비해 제대로 알려지지 않은 사강은 그런 연유로 작품보다 작가 자신이나 소문과 관련된 질문을 종종 받아야 했다. 그중에서 "당신은 게으른가요, 성실한가요?"와 같은 요령부득의 질문에는 "성실하게 게

으르죠"라고 답하는데, 일견 말장난 같지만 작가의 작품목록과 집필 패턴, 그리고 작품을 관통하는 정서를 이해한다면 더할 수 없이 성실한 답변이었다는 걸 알 수 있다.

사강은 『슬픔이여 안녕』이 출간된 1954년부터 1998년까지 매년, 혹은 격년마다 시계처럼 규칙적인 간격으로 소설 및 희곡 등의 작품을 발표했고, '자기 자신과 함께 우리에 갇힌 가련한 짐승'이 되는 고독을 연평균 석 달 내지 반년씩 감내했다. 작품과 작품 사이에는 '아무것도 하지 않는 시간'을 뜻이 맞는 친구들 무리인 일명 '사강 부대'와 함께 철저히 즐겼다.

『패배의 신호』는 작가 스스로도 밝혔듯 삶의 여러 변화(대략 '나무에 새 가지가 돋아난 듯한' 기쁨이었던 아들의 출산 이후 자리 잡은 삶의 안정과 균형) 이후, 이십 대를 넘기고 서른 살이 되어 발표한 소설이다. 일부 평단은 '삼십 대의 성숙함'이 풍겨남과 동시에 사강이 처음으로 '에세이가 아닌 소설을 썼'고 '이제껏 볼 수 없었던 최고의 통찰을 보여줬다'고 평했으며, 출판사는 '환상적으로 마무리된 소설'이라고 소개했다. 독자들은 바로 베스트셀러에 올리는 것으로 화답했다.

『패배의 신호』의 줄거리는 사강의 다른 작품들처럼 간단하다. 젊고 아름다운 서른 살의 루실은 그녀보다 스무 살 연상인 부유하고 세련된 신사 샤를과 동거하며 샤를 덕분에 삶의 물질적 제약에서 해방되어 자유를 누린다. 어느 날 루실은 샤를과 함께 참석한 사교 모임에서 그녀와 동갑이며 누가 봐도 미남인 편집자 앙투안을 만난다. 앙투안 또한 그보다 열 살 이상 연상인 사교계의 권력자이며 전설 같은 존재 디안과 동거한다. 서른 살의 늙은 어린애들인 루실과 앙투안은 연회장 한복판에서 둘만이 감염된 미친 듯한 웃음을 공유하면서 걷잡을 수 없는 사랑과 쾌락에 빠져든다. 이와 동시에, 이 두 사람에게 각각 깊은 열정을 간직한 보호자이자 성숙한 어른들인 샤를과 디안의 고뇌와 고통이 시작된다. 숨어서 만나던 앙투안과 루실은 결국 둘 사이를 공개하고 각각 디안, 샤를과 이별한 뒤 동거를 시작한다. 봄에 만나 여름에 절정에 이르고 가을이 되어 사그라든 사랑 뒤에, 루실은 계획도 소유욕도 없는 무사태평한 삶과 안락을 보장해주고 무엇보다 그녀를 있는 그대로의 모습으로 사랑하는 샤를에게 돌아간다.

사강의 설명에 따르면 루실은 존재 자체가 행복하고(깨어나며 행복하고, 잠이 들면서 행복하다), 앙투안은 도덕적이나 불안한 영혼이며, 디안은 모두들 선망하는 사교계의 여왕이나 길을 잃었고, 샤를은 열정 덕분에 삶의 권태에서 구원 받는다.

이 단순한 줄거리를 풍성하고 황홀하게 만드는 건 인물들의 어림짐작과 추측으로 이루어진 생각, 이 생각을 곧바로 확인해주거나 반박하는 대화, 거짓 웃음과 미소, 허공에서 멈춘 손짓 하나, 좁아지는 미간, 짙어진 눈동자 색깔 등 모든 감각을 동원하여 묘사되는 감정의 발레다. 사강이 묘사하는 건 인물도 성격도 배경도 아닌 오직 감정이고, 이 감정이야말로 존재의 진실에 가 닿는 수단이다. 섬세하게 파헤쳐지는 감정들로 종잡을 수 없는, '우리 안에 숨겨진 동물'이 모습을 드러낸다.

주제 또한 사강의 작품에서 익숙하게 보아온 사랑과 고독이다. 하지만 사강은 말한다. "(내 작품의) 핵심 주제는 (사랑보다는) 고독이라고 말하고 싶어요. 사랑은 어떤 의미로는 트러블메이커와 같죠. 내게 중요해 보이는 건 사람들의 고독과 그들이 이 고독에서 빠져나오는 방식이거든요"[1] 사강은 극도로 섬세하게 사랑에 빠져드는 순간과 그 순간의 흔들리는 내면을 포착하고 극도로 우아하게 육체적 열정과 관능을 그려내듯, 극도로 담담하게 인간 본연의 고독과 이 고독의 숙명성을 이끌어낸다. 사랑은 고독에서 빠져나오는 방법으로 제시되지만 일시적이거나 고독을 더욱 심화시킬 뿐이다. 그리고 그렇게 마주하는 고독은 특별히 잔인하다기보다는 누구나 부인할 수 없이 겪게 되는 존재의 역경인 것이다. 아마도 독자들이 쉽게 공감할 수 없을 『패배의 신

---

1 『나는 아무것도 부인하지 않아요』(Je ne renie rien), 프랑수아즈 사강, 2014.

호』의 인물들 모두가 이해되고 나아가 그들을 위해서 똑같이 깊은 비애에 젖어드는 건 그들이 결국 마주하게 되는 고독만큼은 우리가 잘 아는 고독이기 때문일 것이다. 가령 루실이 영원히 무책임한 청소년으로 머물기를 고집하며 '자신이 삶이라는 이름에 걸맞은 모든 삶으로부터 영원히 박탈당했다는 것을 알았고, 박탈당해 마땅하다고 생각'할 때, 디안이 앙투안과 이별하며 몸을 꼿꼿이 세운 채로 앙투안이 잠시 고개를 숙인 틈을 타서 그의 목덜미를 바라보며 얼굴에 '광포한 고통'을 내비칠 때 말이다. 강렬하지만 지속될 수 없는 열정이 필연적으로 맞닥뜨리는 '무책임이 벌을 받는 세계', 우리의 모든 세포로 감지되는 감각의 세계에 스며든 실존의 문제 말이다.

옮긴이 **장소미**

숙명여자대학교 불어불문학과와 동대학원을 졸업하고, 파리3대학에서 영화문학 박사과정을 마쳤다. 옮긴 책으로 마르그리트 뒤라스의 『타키니아의 작은 말들』, 『부영사』, 『뒤라스의 말』, 미셸 우엘벡의 『세로토닌』, 『지도와 영토』, 『복종』, 로맹 가리의 『죽은 자들의 포도주』, 파울로 코엘료의 『히피』, 브누아 필리퐁의 『루거 총을 든 할머니』, 에르베 기베르의 『내 삶을 구하지 못한 친구에게』, 조제프 인카르도나의 『열기』, 베르나르 키리니의 『아주 특별한 컬렉션』, 필립 지앙의 『엘르』, 필립 베송의 『이런 사랑』, 『10월의 아이』, 『포기의 순간』, 마르크 레비의 『두려움보다 강한 감정』, 『그때로 다시 돌아간다면』, 앙리 피에르 로셰의 『줄과 짐』, 『두 영국 여인과 대륙』, 앙투안 콩파뇽의 『인생의 맛』, 샤를 페로의 『거울이 된 남자』, 조제프 퐁튀스의 『라인』 등이 있다.

패배의 신호

초판 1쇄 2022년 1월 7일
초판 10쇄 2025년 2월 17일

지은이 프랑수아즈 사강
옮긴이 장소미
디자인 이지영
펴낸이 박소정
펴낸곳 녹색광선
이메일 camiue76@naver.com
ISBN 979-11-965548-6-6(03860)

이 책에 사용된 사진 중 일부 저작권자를 찾지 못한 도판은 확인하는 대로 통상의 사용료를 지불하겠습니다.